[日]东川笃哉 著
黄健育 译

推理要在晚餐后 3

请不要把垃圾和■■扔进河里。

人民文学出版社

著作权合同登记:图字 01-2023-0251 号

NAZOTOKI WA DINNER NO ATO DE VOL.3
by Tokuya HIGASHIGAWA
ⓒ 2012 Tokuya HIGASHIGAWA
All rights reserved.
Original Japanese edition published by SHOGAKUKAN.
Chinese (in simplified characters) translation rights in China (excluding Hong Kong, Macao and Taiwan) arranged with SHOGAKUKAN through Shanghai Viz Communication Inc.

图书在版编目(CIP)数据

推理要在晚餐后.3/(日)东川笃哉著;黄健育译
.—北京:人民文学出版社,2023
ISBN 978-7-02-018041-7

Ⅰ.①推… Ⅱ.①东…②黄… Ⅲ.①长篇小说-日本-现代 Ⅳ.①I313.45

中国国家版本馆 CIP 数据核字(2023)第 103997 号

责任编辑	胡司棋　王皎娇
装帧设计	汪佳诗
出版发行	人民文学出版社
社　　址	北京市朝内大街 166 号
邮政编码	100705
印　　制	凸版艺彩(东莞)印刷有限公司
经　　销	全国新华书店等
字　　数	170 千字
开　　本	850 毫米×1092 毫米　1/32
印　　张	7.5
版　　次	2017 年 12 月北京第 1 版
印　　次	2023 年 7 月第 1 次印刷
书　　号	978-7-02-018041-7
定　　价	69.00 元

如有印装质量问题,请与本社图书销售中心调换。电话:010-65233595

请恕我失礼，大小姐居然为这种程度的案子苦恼，还真是**派不上用场**呢。

目录

第一部　请勿给犯人毒药　　　　　1

第二部　请勿在这条河内溺水　　　39

第三部　来自怪盗的挑战书　　　　79

第四部　杀人时请利用自行车　　　119

第五部　她被夺走了什么呢？　　　157

第六部　道别要在晚餐后　　　　　196

第一部　请勿给犯人毒药

1

这已经是众所皆知的事了，但还是得不厌其烦地再说一次。"宝生集团"是一个从钢铁、电力、精密机械，到食品、药品、钓鱼用品，甚至是报章杂志及本格推理小说等各种产业无不涉猎的巨型复合企业。财团总帅宝生清太郎的城池宝生邸坐落在东京西边的国立市一隅，以占地广大到几乎让附近人家感到困扰而闻名。

被高耸围墙所包围的宽广宅邸里，矗立着风格独特的西洋建筑，有时髦的别馆、诡异的仓库、无用的喷水池；庭院里还有鸡、狗、马、鹿，大象与长颈鹿悠然地吃草，狮子恣意地来回奔跑——种种谣言不断地在国立市市民之间流传。不过，这些当然都只是都会传奇罢了。谁也分不清什么是真什么是假，什么是插科打诨的闲话。对于大多数市民而言，宝生邸内部一直是个无法窥探的秘境。

三月下旬的某个早晨，宝生邸庭院内的樱花正在绽放。

丽子在挂着帐幔且缀饰着华丽蕾丝的床（也就是所谓的"公主床"）上醒来后，突然"哈啾"一声打了一个很没有大小姐风范的夸张喷嚏。

嘶嘶——丽子才吸了几下鼻子，随即又锦上添花地补上一发

"嘿啾"。

丽子把羽绒被拉到睡衣的胸口前。"呜呜，好冷。"她的肩膀不禁颤抖起来。

"话说回来，我刚才的喷嚏也太不可爱了。"

身为富豪千金，即便突然打个喷嚏也得注意形象，可不能跟那些口沫横飞、噪声惊人的中年男子一个样。再说——

那个男人要是看见她失态的一面，肯定会嘲弄她。

"就因为这一点我也绝不能失态……我得小心才行。"

丽子告诫自己，摇响床边的摇铃，唤来那个男人。

那个男人指的是侍奉宝生家的年轻管家影山。铃响不到五秒，身材高瘦、戴着知性银框眼镜、穿着西装的管家已经来到丽子寝室的门口，敲了敲门。

"早安，大小姐。"管家一踏进寝室，先对床上的丽子恭敬地行了一礼，然后他面露警觉地环顾床铺周遭。

"影山，怎么了？哪里不对劲吗？"

"不，没什么，"影山沉稳地说，"只是我刚才在走廊上好像听到哪里传来中年大叔的嘶吼声，慎重起见，我必须提高警惕。"

"哦……哦哦……"讨厌啦，所谓"大叔的嘶吼声"难不成是在说我？！我打喷嚏很像大叔吗？丽子内心受到严重伤害。"这——这里可没有什么老头子或大叔哦。一定是爸爸在他房里打喷嚏啦。"

"原来如此。的确，老爷是不折不扣的大叔了……"

影山略欠敬意地问雇主："话说回来，大小姐，您找我有什么事情吗？"

"当然，就是有事才会叫你啊，"丽子故意可爱地轻咳几声，"我好像感冒了，早餐就吃粥好了。还有，把体温计拿来。我一定是发烧了……咳，今天要不要请假呢……"

丽子斜眼观察管家的反应。可是影山的侧脸还是一如往常的冷静。

过了一会儿，宝生家的餐厅里——

"大小姐如果真的如自己所想感冒了，那恐怕是今天早上气温骤降的原因吧。这正是人家常说的花冷①。昨天之前还是带有春意的宜人气候，今天突然变得隆冬时一样寒冷。"

影山说道，同时动作优雅地将盛在托盘上的早餐摆放到丽子桌前。

丽子注视着冒出热气的中式咸粥，表情依旧无精打采。丽子听到"哔"一声的电子音后，将手伸进怀里，掏出体温计，随即懒懒地念出液晶屏幕上的数字。

"三十七点……哇，三十七点二度！"丽子睁大眼睛，得意地将体温计拿给身旁的管家看。"你看，影山。我猜得没错，果然发高烧了。今天是不可能去上班了。烧到三十七点二度了呢！"

不过影山却很冷静——也可以说是冷漠——地看着丽子。

"恕我冒昧，大小姐。只因为三十七度出头的发烧就想请假，这简直跟讨厌上学的初中生没什么两样。再怎么说，大小姐也是

---

① 日本气象用语，意指樱花绽放的初春天气多变，冷空气会突然南下导致气温骤降。

公仆、警察。大小姐若是因为这点小事就请假，市民们会在背地里指责您为'税金小偷'哦。这样好吗？"

"这……这样当然是不行啊……不过，你说跟初中生没什么两样是什么意思啊？"

丽子不满地鼓起两腮。她的职业正是警察，而且还是任职于警视厅国立市警署的货真价实的刑警。因为低烧就旷工，这种行为的确不太好。

"可是，你也不用说'税金小偷'吧？毕竟国立市缴税最多的就是宝生家呢……"

丽子说的话乍听之下似乎很有道理，实际上却又狗屁不通。"我知道啦，我去上班总行了吧，"然后她怨叹一声，拿起汤匙，"哼！今天一整天我要勤奋工作，如果回家之后突然因为高烧而倒下，那全都是你害的！"

丽子边强词夺理边胡乱地把粥吞进肚子里。

影山露出满意的笑容，看着丽子。

于是，丽子忍受着"高烧"，照常到国立市警署上班去了。

丽子身穿黑色裤装，戴着黑框装饰眼镜，一头长发束在脑后，打扮得十分朴素，看上去活脱脱就是个平凡的新人女刑警。谁也猜不到她会是宝生家的千金大小姐。国立市警署办公室内的男刑警个个粗枝大叶，完全缺乏观察力与服装品位，谁也没有察觉出丽子的真面目。在他们看来，柏博利的裤装与阿玛尼的眼镜，全是在"丸井国分寺店一带买来的东西"。

现在才放马后炮是不太厚道啦，但是，这些人居然还能当上刑警啊。

丽子对这些过于平庸的同僚感到不可思议。

丽子在这些人的围绕下开始了一天的工作。不过理所当然，她脑袋昏沉，身体慵懒，喉咙干渴，双眼仿佛弃犬般水汪汪的。午休时间，她重新测量体温，竟然高达三十七点三度！丽子开始认真地考虑请假早退事宜。

看来今天顶多只能适度地假装整理文件（意思是不必认真地整理文件），然后赶快回家。丽子一心等待着傍晚的到来。

然而，倒霉的事总会在倒霉的时刻来临。

国分寺发生案件的第一手通报传到国立市警署，是下午两点的事。

丽子只好拖着热烘烘的身体，冲出办公室。

2

丽子前往的地方是国分寺西区。这一带被称为恋洼，是保留着武藏野风貌的宁静住宅区。附近有座被取了"X山"这种神秘昵称的杂树林，到处都残存着菜田。

案发现场为一栋日式住宅，巨大的瓦片屋顶令人印象深刻。几名穿制服的巡警正在保存迹证时，丽子与同僚们乘着巡逻车也赶到了现场。丽子确认过写着"桐山"的门牌，便穿过气派的桧木大门进入玄关，在巡警的带领下，往宅邸深处走去。

"就是这里。"巡警指向半开的门。

丽子很有气势地打开那扇门进入房内，结果出现在她眼前的并非浑身是血的尸体——

"嗨，早啊，小姑娘。今天特别冷呢。"

是风祭警部。丽子见到讨厌的上司出现，差点掉头就走。

警部照例一身刺眼的白色西装，西装外面还套着黑色大衣，大衣外面系着红色围巾。这正是他今年冬季的典型穿着。

说不定会被误认成黑道老大，成为火并子弹下的牺牲品哦——丽子差点脱口提出多余的忠告，但最终还是恭敬地低头行礼说："您——您辛苦了，警部。"

风祭警部乃是国立市警署中首屈一指的精英刑警，才三十几岁就拥有警部头衔。他的真实身份是"速度快，但容易坏"的汽车制造商——"风祭汽车"创始人的少爷。简而言之，就是有钱人家的公子哥儿当上了精英警官。俗话说的不知人间疾苦，指的就是他这种人吧？丽子心想，完全忘记了自己的出身。

顺带一提，在一起仅仅发生于一个月前的案件中，将丽子从穷途末路的大危机中拯救出来的就是这位风祭警部。就这层意义而言，他无疑是丽子的"救命恩人"。然而在丽子心中，这是充满耻辱的记忆，是她想要抹消的过去——也就是所谓的"黑历史"。

只不过令丽子庆幸的是（另一方面也是警部的不幸），警部似乎彻底遗忘了这段重要记忆。被害者遭受到强烈冲击而陷入记忆障碍，这种情况屡见不鲜。警部大概也是其中一例吧。

拜此所赐，丽子与风祭警部的关系至今没有丝毫的改变。

"话说回来，警部，您今天不是轮休吗？早上没看到您，我觉得好清静——不，是觉得好像少了什么呢。"

"这样啊。对不起，让你感到寂寞了。"

风祭警部就是这么自恋。这男人真的丝毫没有改变。

"今天我不是轮休，而是请了带薪假。早上发了高烧，我今天实在是经不起繁重的勤务。你问几度——三十七点二度。怎么样？确实是高烧吧？"

"三十七点二度，"丽子皱起眉头，然后露出得意的微笑，"嘿嘿。"

哇——我赢了！这次绝对是我赢了！毕竟我没有请假嘛！

丽子在这件无关紧要的事情上感受到胜利的喜悦，露出今天最灿烂的笑容。

"不过，既然有重大案件发生，当然就不能继续请假了。所以我才取消了带薪假，赶来现场。好了，闲聊就到此为止——宝生，怎么样，今晚下班后，要不要跟我在能欣赏夜景的高级餐厅共进地道的法式料理……"

"警部，闲聊就到此为止，可以赶快查案了吗？"

"这——这个嘛，你说的是。"

警部被回绝后，脸颊微微抽动着望向室内。丽子也从警部背后定睛凝视现场。

那是男性的寝室。木质地板上摆着一张结实的木床。床边有张小桌子。房间角落有台薄型小电视机。显眼的家具就只有这些，房间给人一种简陋的印象。在简陋的家具之中——

床与桌子之间横躺着一位身穿睡衣的男性。头发花白，脸上布满深深的皱纹，是个七十多岁的老人。乍看之下没有外伤。既没有被刀械所刺的痕迹，脖子上也没有缠着绳子。不过从那苍白的脸色来看，他显然已经断气。

"嗯，我听说是杀人事件才赶过来的，不过好像不是这么一回事。死因是什么呢？"

警部歪头思索。丽子也谨慎地将视线扫过尸体及其周围。

老人死时消瘦的身躯弯成"〈"形。半张的嘴唇周围遍布他的呕吐物。老人可能是在剧烈呕吐之后才死亡的。

床上枕边是手电筒与收音机。被子凌乱，掀开了一半。黄色毛巾随意放置在垫被上。床边的桌子上有一个五百毫升的塑料瓶及茶杯。塑料瓶内装了八分满的透明液体。虽然标签被撕掉了，但那液体看起来是水。茶杯里也残留着少许透明液体。

然后丽子与警部稍微蹙着眉头，从近处端详老人的尸体。

在那一瞬间，杏仁味窜进丽子的鼻腔。氰酸性毒物会散发独特的杏仁味，这点法医学的教科书上一定会写。难道这是氰酸——

"是氰酸钾！"风祭警部大叫一声，马上往后跳开，并且对丽子提出警告，"小心啊，宝生！最好不要随便把脸凑过去，那个茶杯跟塑料瓶也不能碰，有误触氰酸钾的危险啊。嗯嗯，原来如此，是这么一回事啊。我知道了，这个老人是被氰酸钾毒杀的！"

什么氰酸钾氰酸钾的，不用像个笨蛋似的老是同一句话一直说个不停吧……

丽子不悦地反驳说："警部，氰酸性毒物不等于氰酸钾哦。再说，就算真的是氰酸钾致死，也未必是他杀吧？老人很有可能是服毒自杀呢。"

"自杀！"警部的眉毛抽动了一下，"当——当然。我是考虑过这种可能性之后，才提出他杀的推论哦。难道你听不出来吗？"

虽然警部的话听起来完全不像如此，但丽子还是说："原来如此，警部说得对，这个案子似乎有必要朝自杀及他杀两个方向进行调查呢。"

她完美地为警部打了圆场。像这样克尽部下的职责是很累人的。

警部撇下叹了一口气的丽子，自顾自地询问站在一旁的本地巡警：

"对了，你们知道这位老人的身份吗？"

"是。这位老人名叫桐山健作，是这个桐山家的当家——"

中年巡警说，桐山家是家世悠久的农家，历代祖先都在恋洼从事农业。听说他们在宅邸外围有耕地，桐山健作本人也从事农耕。顺带一提，农业是国分寺不为人知的地方产业。特产是土当归，丽子没有吃过。

"不过——"巡警接着解释，"岁月不饶人，健作先生似乎从去年开始就不再务农了。儿子儿媳也无意继承农业，这是没办法的事情。"

"桐山家还有哪些人？"

"住在宅邸里的有健作先生与其妻信子女士、儿子、儿媳，还有就读大学的孙女，是个五口之家。此外，还有一名通勤的帮佣与一只家猫。"

最先发现尸体的是妻子信子，应该先找她来问话。于是丽子与警部把桐山信子叫到另外一个房间。

桐山信子今年六十九岁，是个身材消瘦的老妇人。对于丈夫的骤逝，她并未表现出惊慌失措的样子，只是表情僵硬地出现在刑警们面前。

请尽管问，信子夫人摆出毅然决然的态度说。风祭警部以怀疑的眼神注视着这位女性。他头脑简单，是那种会老实相信'第一发现者就是头号嫌犯'的人。

"可以请您先说明一下发现尸体的经过吗？"

信子夫人轻轻点了点头，然后克制着情感回答：

"我丈夫有点感冒，所以他今天吃完早餐后不久，又窝回自己的寝室。他好像吃过药就睡了。我为了避免打扰他，刻意不接近寝室。可是都过了下午一点，他还是没有起床。我担心他中饭要怎么解决，便去敲他寝室的门。不过他并没有回答。我打开门往房里看时，寝室就是那个样子了……"

信子夫人说到这里突然语塞，有些做作地掩住嘴。

警部冷漠地继续向信子夫人询问详情：

"健作先生进入寝室的准确时间是几点呢？"

"我想应该是上午十点左右。当时我正在院子里晾衣服，我丈夫隔着起居室的窗子说：'我感冒了，要在寝室里休息，不要吵我。'我只回了一句'知道了'，就继续做事。我丈夫应该是在那之后马上就回寝室了。"

"健作先生进寝室后，您没有去看过情况吗？"

"是的。我想反正他只是在睡觉，而且他也吩咐过'不要吵他'。"

"原来如此，所以才会到下午才发现啊。那么，你发现健作先生过世后，做了什么呢？"

"当然是冲向倒卧在地上的丈夫，然后摇晃他的身体呼喊他的名字。可是他毫无反应。身体冰冷得吓人……所以我忍不住大声惨叫……帮佣相川小姐听到我的叫声后，也来到寝室。相川小姐代我检查我丈夫的脉搏。不过回天乏术了。她默默地摇了摇头，然后扶着我走出寝室。帮忙报警的也是相川小姐。"

"寝室的状况跟您发现尸体时一样吗？您没有碰过那张桌子上的塑料瓶或茶杯吧？"

"是的。塑料瓶跟茶杯，还有垫被上的黄色毛巾，枕边的收音机和手电筒一直放在原来的位置，我全都没有碰过。"

"这样啊。哎呀，那真是太好了。"风祭警部郑重地低下头。随即转向后方，在丽子耳边悄声说："现场有什么黄色毛巾跟手电筒吗？咦？有？这样啊，不，那就好。"

这位刑警的观察力真是……

丽子白了警部一眼后，主动开口询问夫人：

"方便告诉我您看过现场后的印象吗？您看了健作先生那个样子是怎么想的？是他杀，还是自杀？"

对于丽子过于直接的问题，信子夫人很吃惊地瞪大眼睛。

"您说他杀？这是不可能的。您的意思是谁杀了我丈夫吗？这么可怕的事情，我根本无法想象。"

然后信子夫人好像要说服自己似的接着说：

"我想，他会不会是自杀的呢？不，我也想不到什么是导致他自杀的原因，可是不知怎么的，我就是这么觉得……"

3

丽子与风祭警部回到现场的寝室时，桐山健作的尸体已经被运走。鉴定人员似乎把遍布尸体旁的呕吐物全都带走了，地板十分干净。塑料瓶跟茶杯也正在鉴定当中。

风祭警部在床沿坐下，摆出一副非常认真思考的样子。

"今天早上健作先生说自己有点感冒，于是进了寝室。不过，其实他打算自杀。只剩下自己一个人后，他把塑料瓶的水倒进茶杯。然后将事先准备好的毒物放入嘴里，配着茶杯里的水服下，终于如愿以偿地死了——"

警部好像很满意自己的假设，用力点了一下头。

"嗯。这么一想，健作先生自杀也并非毫无可能。虽然没发现遗书，但是自杀并没留下遗书也不是什么罕见的事情——宝生，你说是吧？"

"是，确实如此。"丽子暂且表示赞成，但其实已经产生了一个疑问。

容器不见了。装毒药的容器到哪里去了呢？"那个，警部……"

丽子正准备提出问题时——

"问题是容器!"警部大声叫道打断了她,"氰酸钾不是那种可以随手拿来拿去的东西。假使健作先生在这间寝室内服下了自己准备的氰酸钾,尸体旁边没留下容器就说不过去了。怎么样,宝生?"

警部面露得意地问她,但丽子的想法完全相同,所以她并不觉得特别钦佩。丽子面无表情地回答:"您说得对,警部。"

接着警部慢吞吞地下了床,摆出匍匐的姿势,开始仔细地搜索地面及床底下。他大概是在寻找消失的容器吧。丽子无可奈何,也效法上司。

他们努力寻找,但没在床底下找到任何东西。不过丽子在墙边的地板上找到一条细长的棕色橡皮筋。"警部,我找到了这个。"

"嗯?"警部把脸凑近丽子手指捏着的物体,并将感受如实地说出来,"什么啊,这不是断掉的橡皮筋吗?这种东西跟案件有什么关系吗?只是垃圾吧。"

这个嘛,确实只是垃圾啦。丽子把捡到的橡皮筋放在桌上,视线再度落向地面。

过了几分钟,两位刑警像狗一样的执着爬行终于有了成果。

"我找到了,宝生!"

警部看着放在床边的薄型小电视机的电视柜底下大叫。

被他当成战利品高高举起的,是个细长透明的筒状容器。是药盒。这原本是装药剂的容器,但也可以用来保管毒药。里头是空的,不过盒子底部残留了些许微粒。

警部以指尖弹开扣在盒子上的盖子,将鼻头凑近盒子。

"错不了的，这就是氰酸钾的容器。健作先生自己服用了放在这个容器里的氰酸钾，然后丢掉盒子，喝下茶杯内的水。被丢弃的盒子滑过地板，掉进这个电视柜底下。这样就说得通了。宝生，我说的没错吧？"

这样的确说得通。可是不知道为什么，丽子突然不安起来。

丽子想到了原因，过去风祭警部发表的合理假设，多半到最后都会被证明是错的。依据这个经验，桐山健作的死就不是自杀了。这是一起伪装成自杀的杀人事件……不，是我想太多了吗……警部偶尔也会有猜中的时候吧……可是，之前他连续惨败，这次八成也……

丽子越想越觉得桐山健作的死令人费解。

不久之后——

丽子与风祭警部从微微打开的拉门后方窥探着桐山家大厅的情况。五名男女各自以不拘小节的姿势坐在宽敞的房间内的榻榻米上。丽子轻声对警部说明之前收集到的情报。

"您已经见过健作之妻信子了。在她身边的中年男人是儿子和明。他在国分寺开了一家使用无农药蔬菜的有机餐厅，简单来说就是餐饮业者。顺带一提，和明是信子的拖油瓶，跟健作并没有血缘关系。"

"哦，这条信息可不能置之不理呢。"

"和明身边，妆化得很夸张的女人是和明的妻子，名叫贵子。她虽然是家庭主妇，但家事大多丢给信子夫人处理，自己日复一日沉迷于个人嗜好与才艺练习。后面那个无聊地拨弄着头发的年轻女孩是他们的独生女美穗。她今年刚进女子大学，现在每天都忙着参加社团和联谊活动。"

"还有一个人呢？"警部把脸贴近拉门的缝隙问。

"您是说穿着围裙的年轻女性吧。她叫相川早苗，如您所见，是个帮佣。"

"原来如此，我清楚了，"警部将脸抽离拉门的缝隙，无聊地喃喃自语，"可是啊，健作先生十有八九是服用氰酸钾自杀。对相关人等进行讯问，似乎只是浪费时间而已。"

"妄下结论是查案大忌哦，警部。而且，警部应该很喜欢这种情况，不是吗？"

风祭警部听了丽子暗含讥讽的一番话，露出自以为帅气的微笑。

"当然，我最喜欢了。那么要上啰，宝生。"

警部双手置于一对门把上，啪的一声将两扇拉门迅速往左右拉开。丽子完全无法理解他为什么要如此招摇地登场。

不过，风祭警部在所有相关人等的注目下走向大厅中央，无疑心情很好。他宛如歌舞伎演员般瞪视着一干人等，然后开口说：

"桐山健作先生过世了，可能是中了氰酸性毒药而死——"

对警部这段话迅速反应过来的是和明。

"是氰酸钾吧？爸爸服用了氰酸钾自杀对吧？"

"哎呀，请等一下，"警部装模作样地歪着头问，"我根本就没有说过健作先生是自己服毒哦。他杀也是极有可能的。另外，虽然这是细枝末节，但慎重起见，我还是言明在先，氰酸性毒药可不等于氰酸钾。"

哦哦，不愧是专业刑警！真有两把刷子！这种与事实不符的错误氛围立即在大厅里蔓延开来。刚才那个在拉门后头断言"十之八九是服用氰酸钾自杀"的是哪一位啊？丽子暗自叹了口气。

"这——顺便请教一下，"和明颤抖地说，"家父大概是几点过世的呢？"

"关于死亡时间，法医的看法是上午十点前后。由于信子夫人正好于上午十点与健作先生交谈过，健作先生的实际死亡时间应该在十点过后不久……"

"上午十点！"和明还没听完警部的话，便放心地大叫，"太好了。这样的话，事情就跟我无关了。我在上午九点离开国分寺的店，外出采买。之后我一直留在店里。员工们可以替我作证。"

"等一下，老公，你这是什么意思嘛！"发出不满叫声的是和明的妻子贵子，"你只顾着表明自己的不在场证明，你想摆脱嫌疑不成？真是太狡猾了。上午十点刚过时，隔壁的太太来接我，我们一起出门练习茶道去了哦。之后我就一直跟同道还有茶道老师在一起。"

"妈妈，那能够算不在场证明吗？"女儿美穗指摘说，"爷爷就是在上午刚过十点死掉的。妈妈先喂爷爷吃下毒药，然后再出门练习茶道，也完全来得及啊。"

贵子听了这番毫不客气的言论，吊起眼角尖声叫道：

"美穗，你说的什么话！妈妈怎么可能喂爷爷吃毒药呢！"

"就是说啊，美穗。不要随便怀疑家人，"和明也告诫女儿，"话说回来，上午十点时，美穗人在哪里，在做什么呢？"

"你倒是很开心地在四处怀疑他人嘛！"美穗以完全符合时下女大学生的语气责备父亲，"我才没有什么不在场证明呢。上午十点，我一直待在自己房间里。我没记错的话，我搭朋友的车一起去学校应该是十点半的事。之后我就一直跟别人待在大学里。"

然后美穗一改粗鲁的口吻，转而面向警部说：

"不过请您相信我，刑警先生，我并没有杀害爷爷。"

"唉，这不是我相不相信的问题啊……"

风祭警部露出困惑的表情看着和明、贵子及美穗三人的脸。

"各位似乎误会了什么。在本案中，就算再怎么表明自己有不在场证明也毫无意义。毕竟健作先生是中毒而死的。如果是他杀，犯人只需要事先在健作先生可能食用的东西里下毒就行了，并不需要在推测死亡时间的上午十点多出现在现场。下毒的时间可以是早上七点或八点，也可以是前一天晚上。不，搞不好一周前就已经下毒了呢。比方说掺在健作先生平时服用的药物、维他命，或者是感冒药里……"

听了风祭警部所说的话，桐山家的人顿时紧张起来。警部舍弃了刚才的"自杀说"，改口断定这是一起毒杀事件。他大概认为这样的案情比较有趣吧。

于是之前还十分重视不在场证明的三人，态度突然急转直下。

"仔——仔细一想，不在场证明什么的根本就不重要。因为爸爸是自杀死的啊。"

"就——就是说嘛。爸爸最近老是唠叨说身体不好。"

"高龄者自杀也不是什么罕见的事情,也常在报纸上看到呢。"

面对这名为杀人嫌疑的惊涛骇浪,原本四分五裂的家族突然凝聚力大增。

默默地看着一连串闹剧的信子夫人,摇了摇头说:"真是可悲啊……"

这时,站在信子夫人背后的帮佣相川早苗小姐轻声叫道:

"哎呀,这不是小白吗?你跑到哪里去了?"

相川早苗的视线投向刚才警部打开的拉门后方。丽子转头往那边一看,那里不知道什么时候出现了一只全身雪白的猫。

它被取名为小白,大概因为是白猫吧。对了,桐山家的家庭成员中还包含一只猫,丽子回想起来了。不过之前丽子并没看到猫的半点踪影……

"嗨,你回来啦,小白,"和明抱起白猫向刑警们说明,"其实小白这家伙大概一个礼拜前就失踪了。爸爸找了它好久,但哪儿都找不到——贵子,你说是吧?"

"是啊。爸爸很疼爱小白,每晚都抱着它睡觉。所以它不见之后,爸爸好像很落寞。美穗,是这样吧?"

"嗯,爷爷曾说小白不会再回来了,好像已经放弃了——啊,说不定小白失踪也是爷爷自杀的原因之一呢。"

"嗯,有可能,"和明一边点头,一边抚摸着猫的头,"高龄者失去宠物后失魂落魄,突然走上自杀一途——刑警先生,这种事情常发生吧?"

"嗯——自杀是因为宠物走失吗？"

风祭警部右手拨弄着头发，自言自语地低声说：

"的确，这也并非毫无可能……"

4

两名刑警结束大厅的讯问后，坦诚地交换彼此的感受。

"老人因为家猫走失而自杀，这的确是有可能的事情。难道真是自杀吗……"

"警部原本就说是自杀了，而且现场还有装毒药的容器。"

"不过和明与贵子夫妻，还有女儿美穗，这三人的反应该怎么解释呢？他们非但不为桐山健作的死感到哀痛，还拼了命地强调自己是无辜的。这样反而可疑啊。"

"的确，我们还没问，他们就主动提出不在场证明。所以说，真凶就在他们之中吗？"

面对丽子无心的提问，风祭警部借题发挥：

"嗯，是啊。就像你所说的，对健作先生下毒的真凶就在他们之中。十之八九是这样。我的看法跟你完全相同哦，宝生。"

丽子觉得自己就像是被搭霸王车的出租车司机。可是这个国家没有法律禁止上司窃取部下的发言。丽子只能苦笑。

丽子自己也难以判断桐山健作的死是自杀还是他杀。儿子儿媳的冷漠态度实在不堪，可那也有可能只是为了自保。话虽如此，要断定是自杀似乎太简单了……

不过讯问之后，至少可以确定一件事情。就是风祭警部对本次事件并没有明确的见解，只是一味地见风使舵罢了。不过他经常这样。

或许是临时起意，风祭警部带着丽子前往桐山邸的厨房。帮佣相川早苗正在喂白猫吃猫食罐头。小白专心地大口吞咽着罐头，看起来饥肠辘辘。

"啊啊，相川小姐，这下正好。哎呀，小白也在啊。"

警部大概是受内心冲动驱使，试图扮演"爱好动物又和蔼可亲的刑警"吧。他明明也没多喜欢，却一边说"嗨，可爱的小猫咪"，一边蹲在白猫面前伸出手指逗弄它。

白猫喵地叫了一声，然后咯吱咬住警部的手指头。它似乎把警部的手指误认成小热狗或是其他什么食物。警部瞬间涨红了脸。

"不行哦，小白，"相川早苗斥责白猫，"那种东西不好吃哦。"

好像真的不怎么好吃。小白呜呜地吐出警部的手指。

警部确认过自己的指头没有少掉一截后说："这——这猫真不可爱呢，哈哈哈。"警部露出僵硬的笑容，瞪着小猫。

"是，刑警先生说的没错，小白实在不太可爱。"

相川早苗似乎也是个不怎么可爱的帮佣。她的话太直白了。

"哦，是这样啊。不过，我刚才听了客厅里的对话，感觉健作先生非常疼爱这只白猫，甚至到了每天晚上要一起睡的地步。"

"这个嘛，谁知道呢？"相川早苗一脸难以认同的表情，这让两位刑警很意外，"我是每天通勤上班的帮佣，所以对晚上的情况不太清楚。可是就我所见，老爷似乎并没有那么疼爱小白。小白是家里的一员，老爷对它是有一定程度的关爱，不过似乎并不是特别喜欢。"

"嗯。也就是说，健作先生对猫的态度普普通通。他不爱猫是吧？"

"这个嘛，老爷还算关心猫。""所以是溺爱① 啰？""不，只是关心的程度。""意思就是溺爱嘛。""不，老爷对猫并没有特别溺爱。""健作先生不爱猫吗？""不，老爷是关心猫的。""你看，还不就是溺爱。""不，老爷只是还算……"

"警部！"丽子不耐烦地插嘴说，"可以不要再说'溺爱'这个词了吗？这样只会让事情变得越来越复杂而已。"

然后丽子代替警部向眼前的帮佣发问：

"健作先生对小白并没有投注太多的关爱。所以说，小白一个礼拜前失踪的事，跟健作先生的死无关吗？"

"我是这么认为的。虽然和明少爷他们都说是自杀，但小白失踪这点事情不可能给老爷的精神上带来多大打击。他也许多少有些失落，但不可能走上自杀一途。"

"那么你是说本次事件不是自杀，而是他杀啰？"

"这个嘛……"相川早苗一时答不上话来，"不，这我也不知道。"

她摇了摇头。丽子觉得继续追问下去也没意义，于是结束了问话。

警部尝试着从别的方向问：

---

① "溺爱"在日文中也有"爱猫"的意思。

"你最后一次见到健作先生是在什么时候呢？"

"就在老爷回到寝室前不久，我曾在这个厨房里见过他，那就是最后一次了。老爷是来吃药的。"

"药！"警部双眼闪闪发光，"什么药？感冒药，还是其他常备药？又或者氰酸钾？"

人吃下那种东西，可是会当场死亡哦，警部。

丽子在心中反驳着上司的话——不，等等。丽子转念一想，我记得好像有方法让人服下氰酸钾却不会当场死亡。

"老爷吃的是感冒药跟降血压药。感冒药是市面上售的药粉，降血压药是医生开的胶囊。"

警部听到这句话的瞬间显得异常兴奋，一把抓住眼前的帮佣。

"胶胶胶——胶囊！那那那——那个药放放放——放在哪里？"

相川早苗见警部咄咄逼人，僵住了脸，脚边的猫白毛倒竖。

"降血压药在那个冰箱里。是的，老爷习惯把每天要吃的药放在冰箱里保存。您要看吗？"

她打开置于厨房角落的冰箱的门，取出塑料药盒。收放在半透明容器内的是黄色胶囊。

"健作先生把医生开的胶囊以这种形式保存，并每天固定服用。可是这种保存方式太草率了，可以说犯人非常好下手……"

风祭警部沉思似的将手按在下巴上。"宝生！"他劈头询问身旁的丽子，"你明白这个胶囊的意义吗？"

胶囊具有让药效延迟发挥的功能。挖耳勺大小分量的氰酸钾，一旦包裹在胶囊里，吃下去也不会马上致死。就算健作先生于上午十点前在厨房吃下药，药效等到十点过后才发挥出来，这也没有什么好不可思议的。只要利用这个胶囊，犯人便能轻易让健作先生服下剧毒。对这意想不到的发展，丽子也不禁兴奋地说：

"警部！犯人把毒药装进胶——"

"如果你不懂，让我来告诉你吧，宝生！犯人把毒药装进胶囊里，健作先生并不知情，以为是平常的降血压药，就直接吃了下去，然后回到寝室。不久，胶囊在胃中溶解，毒药蔓延至健作先生全身——就是这么一回事。宝生，怎么样啊？我的推理有任何疑点吗？"

"不，警部所言甚是。"

丽子以不带感情的声音表示赞同。把谁都想得到的经过，当成好像自己独到的推理，还洋洋得意地宣告，风祭警部一贯如此。

警部看了丽子的反应之后心情大悦，再度转头面向相川早苗。

"健作先生吃完药后做了什么呢？"

"嗯……对了，老爷拿着塑料瓶离开了厨房。"

"你说的塑料瓶是放在寝室桌上的那个吧。"

"是，我想应该是同一个。老爷先拿着塑料瓶往起居室走去，然后好像隔着窗户对院子里的夫人说了两三句话。"

"'我感冒了，要在寝室里休息。不要吵我'，是这段吧？信子夫人之前说过了。健作先生之后就回寝室了吗？"

"是的——"帮佣先点了点头，随即又像否定自己似的左右摇了摇头，"不，老爷在回到寝室之前，又一次来到厨房。"

"哦,那是为什么呢?"

"因为,这个……我想大概跟事件无关吧……"

"有没有关系由我们来判断。请尽管说。"

"是,那么,"相川早苗下定决心似的抬起头,"老爷问我:'有没有橡皮筋?'于是我把围裙口袋里的橡皮筋抽出一条交给老爷。老爷应声说:'嗯,这个好。'然后他带着橡皮筋和塑料瓶往寝室去了。"

"什——什么,你说橡皮筋!"警部拉高嗓门叫道,"说到这个,现场的地板上确实有一条断掉的橡皮筋……可是,那到底是做什么用的呢?装水的塑料瓶是喝水用的,可是为什么要把橡皮筋带进寝室里呢?"

"这个嘛,我也觉得不可思议,可是又觉得这种事情不值得刻意过问……"

相川早苗并没有问老爷橡皮筋的用途,就这样目送着健作先生离去了。这就是她跟健作先生最后一次见面的过程。

最后浮现出来的神秘证物是"橡皮筋"。丽子与风祭警部无法推断它是用来干什么的,困惑地面面相觑。

在那之后,丽子跟着风祭警部继续搜查。丽子不怕惹人嫌,一再讯问相关人员,执拗地观察现场,几乎到了快要将现场状况烙印在脑海里的程度。此外,她还跟警部没完没了地反复讨论。桐山健作是他杀还是自杀?他在临死之际要了一条橡皮筋,用意何在?调查持续到深夜,但仍无进展。最后——

奋力工作了一整天的丽子一回到宝生邸，就因为高烧昏倒了。

5

"你看，影山——都是你害的——"

丽子躺在"公主床"上，把羽绒被拉到下巴处，发出软弱无力的呻吟。

她今晚以感冒药取代豪华晚餐，以葛根汤代酒。丽子舍弃布偶改抱着热水袋钻进被窝后，将发高烧归咎到身旁的管家身上。

"都是因为你说什么'税金小偷'，事情才会变成这样——"

"啊？您是说体温从三十七点二度变成三十七点四度是我害的吗？"

影山神情自若地看着手上的体温计，看上去一点都不担心。

然后影山以指尖轻轻推了推银框眼镜，仿佛怂恿丽子似的开口说：

"大小姐的身体之所以会恶化，我想恐怕是今天的案件所致吧。既然如此，您跟鄙人影山谈谈如何？对大小姐而言，案件获得解决应该是最好的特效药。"

"才没这回事呢。就算案件解决了，我的感冒也不会痊愈。感冒跟案件又没有关系。毕竟我人在国立，案件却发生在国分寺嘛。"

"哦，在国分寺的案子？是在国分寺的哪里——"

"在恋漥住宅区的一角。没错，那里还有农田呢。被害者以前也从事过农业。不过，现在还不确定是不是被害者。也有可能是自杀……"

"嗯嗯，原来如此。"影山适时地附和。

在管家的这般诱导下，最后丽子道出案件的详情。影山在一旁的椅子上坐下，认真地听她说。

不过现阶段丽子还无法解释事件的全貌，毕竟桐山健作的死还不能确定是杀人事件。在这种情况下，就算影山的推理能力再怎么卓越，也不可能厘清案件的来龙去脉。不过丽子心想，听听看他认为是自杀还是他杀也好。这是丽子最真实的心里话。

"那么，影山，你是怎么想的？"丽子把事件从头到尾说完后，坐在床上询问影山的见解，"桐山健作是自杀还是他杀呢？"

"在回答您的问题之前，我想先请教几点。"

影山不改沉着本色，开始发问：

"从大小姐的描述听来，健作先生跟儿子儿媳似乎处得不好。原因是什么呢？因为和明先生是信子夫人的拖油瓶吗？"

"这也有关系吧。不过主因好像是和明不肯继承桐山家的农业。健作强烈希望和明能承袭自己的衣钵，为桐山家守住代代相传的田地。可是和明却跑去经营餐厅。和明跟贵子没有儿子，女儿美穗似乎也无意继承。"

"所以健作先生最后终于放弃了代代相传的田地……"

"不对。的确，健作不再务农了，但即使如此，他似乎还是不打算卖掉田地。听说健作的远亲中有个今年刚从农业大学毕业的男性，健作似乎考虑让那个人继承自己的田产。比方说，通过收为养子之类的方法。"

"这一点对儿子儿媳相当不利呢。分得的遗产可能会因此大幅减少。原来如此……顺便请教一下,和明先生餐厅的经营状况如何?"

丽子压低声音回答:"听说已经火烧屁股了。"

简而言之,现在这个时间点,和明与贵子杀害健作的可能性相当高。影山听完丽子的回答,满意地点了点头。

"那么请容我再问下去。毒药确实是氰酸钾吗?氰酸性毒药不止一种。"

"嗯,是氰酸钾。这点倒是和风祭警部的猜测不谋而合。"

"好。下一个问题,现场的桌上放了塑料瓶跟茶杯,里面装的确实是水吗?透明液体未必全是纯水吧。"

"当然,鉴定组已经调查过了。塑料瓶和茶杯里剩下的透明液体全都是纯水,错不了的。"

"那我继续问了。那是什么种类的塑料瓶?"

"啊?什么种类的塑料瓶,这话是什么意思啊?"

"塑料瓶的标签似乎被撕掉了。就算里面当时装的是水,之前有可能装过其他饮料。比方说,把喝完的乌龙茶塑料瓶拿来装自来水,重复利用,很多人都会这么做吧?桐山健作先生也有可能是这种人。"

"啊,你是说这个啊。的确,那个塑料瓶原本好像不是拿来装水的。装水的塑料瓶多半柔软,可是现场的瓶子很硬。原本大概是装茶的吧——我说啊,你这个问题是什么意思?塑料瓶的种类跟桐山健作的死无关吧?"

"不，大有关系。哎呀，您还不明白吗？既然如此，请容我再问大小姐一个问题。"

影山面对躺在床上的丽子，恭敬地提出重大问题：

"为什么经历了这么多起重大事件之后，大小姐还是没有一丝一毫的进步呢？难不成，您是故意的吗？"

丽子不知道该说什么才好，沉默了一会儿。不久，她闭着嘴巴从被窝中起身。"影山，把睡袍给我。"丽子干咳着对管家下令。丽子套上递过来的粉红色睡袍，摇晃着身体在床边坐下，缓缓地抓着枕头高高举起。"影山——"

丽子呼唤着叛徒管家的名字，同时将枕头随着怒火一同扔出。

"呜！"影山脸被枕头打中，伸手扶正被打歪的眼镜，说道，"请……请您冷静一点，大小姐。要是感冒加重，恐怕会影响您明天的工作……"

"才不会影响呢！三十七度出头的发烧根本算不了什么！"

丽子激动到似乎连感冒病毒都逃走了，一步步逼近影山。

"你说没有一丝一毫的进步！开什么玩笑。别看我这样子，跟以前相比，好歹我也进步了五千米或是十千米吧！"

"这不是什么值得骄傲的事情吧，大小姐。"

"你——少——啰——唆，"丽子对着影山噘起嘴唇说，"啊啊，是喔。看来你已经知道这起事件是自杀还是他杀了吧。好，说来听听啊。"

然后丽子扑通一屁股坐在床上，跷起脚来，向管家挑衅说：

"好了，快说。要是你的推理说服不了我，我可饶不了你。"

影山无奈地叹了口气说："遵命。"然后他站着恭敬地行了一礼，缓缓地说：

"当着大小姐的面这么说，犹如关公面前耍大刀，不过，毒杀事件其实非常棘手。有别于刺杀或绞杀，毒杀案中，犯人无须于案件发生的那一刻出现在现场。犯人可以事先在食物或食器上下毒，或是将毒物交给想杀害的人，谎称是药物。受害者吞下毒物而死，事后警方很难判断被害者是自行服毒，还是被他人下毒。"

"没错。所以我才伤脑筋啊。"

"那么，厘清事件的关键是什么呢？"影山微微勾起嘴角露出笑容，然后突然提出奇怪的问题，"话说回来，大小姐——您知道猫跟塑料瓶的共通点是什么吗？"

"啊？你问我猫跟塑料瓶的共通点……两者都是宠物吗？"

"原来如此。"影山好像被杀得措手不及似的发出赞叹的呼声。

"很棒的回答。大小姐想象力丰富，令影山钦佩之至。"

"咦，所以我说中了吗？"

"不，您的答案跟我预想的不同。啊，还有装水的塑料瓶可以用来驱赶电线杆旁的猫等等——这些都不是我想听到的正确答案。慎重起见，请容我先声明。"

"啊啊，我正想说这个呢！"

丽子当真懊恼不已。她是个讨厌认输、玩猜谜时无论如何都想答对的女孩子。

"等一下哦,影山,先不要讲出正确答案……我一定要答对给你看!呃,猫跟塑料瓶,猫跟塑料瓶……"

"大小姐,很遗憾,时间到了。"

影山无情地中断这个话题,又提出其他疑点:

"让我们换个话题吧。相关人员的证词互相矛盾,有人说健作先生非常喜欢家猫小白,还有人说他不怎么喜欢小白。大小姐,您知道这部分证词的分歧,代表什么意思吗?"

"这只不过是每个人的感受不同吧?"

"不,不光是这样。重点在于健作先生'每晚都抱着小白睡觉'这一部分。因为每晚都抱着睡觉,家人才会觉得健作先生十分溺爱家猫。而帮佣每天通勤上班,不知此事,她认为健作先生并不是特别爱小白。是这样吧?"

"的确是这样——所以呢,影山,你到底想说什么?"

"每晚抱着猫睡觉的理由,这才是重点。以健作先生的情况来说,理由不是对猫感情深厚。他对猫并不怎么眷恋。然而健作先生刻意每晚抱着猫睡觉。此举最合理且最现实的理由,我只想得到一个。也就是说——"

影山竖起一根手指,字正腔圆地道出结论:

"抱着猫睡觉很暖和很舒服,不用花电费就可以温暖地入睡,不会感冒。健作先生抱着猫睡觉的理由恐怕就是这个。"

"咦,是这个理由吗?"丽子一时间愣住了,不过她越想越觉得影山说的没错,"的确,猫咪的身体很温暖,尤其在冬天,有很多人抱着猫睡觉。"

"不过遗憾的是,桐山家的小白大约一周前失踪了。"

"也就是说,这一个礼拜以来,桐山健作并没有抱着猫睡觉啰。"

"正是如此。此外,今早突然变冷,气温降到了这一阵子的最低值。不知道是不是这个缘故,今天健作先生好像有点感冒了。所以他用过早餐后,便吃了感冒药独自窝进寝室里。不过,总是与他共寝的小白依旧下落不明。这时,他突然想到可以利用某个东西,并付诸实施。"

"你说的某个东西是什么啊?"

影山仿佛摊开最后王牌般说道:"塑料瓶。"

"现场的那个吧?可是,他要用装了水的塑料瓶干什么呢?"

影山听了丽子的问题,露出深感失望的表情。"啊啊,大小姐直到现在都还是误会了呢。健作先生在塑料瓶内装的并不是普通的水。"

"啊?影山,你在说什么啊?塑料瓶里面装的是水哦。鉴定组调查过了,错不了的。我刚才不是这么说过了吗?"

"不,无论鉴定组的调查结果为何,健作先生带进寝室的塑料瓶里面装的并不是普通的水。"

"不要胡说八道了。如果不是水,那到底是什么?"

影山十分明快地回答:"是热水。"

"热水?"出乎意料的答案让丽子一瞬间目瞪口呆。

不是水,而是热水。虽然两者在科学上是同一种物质,但热水确实跟水不同。"不过,为什么桐山健作要把装着热水的塑料瓶带进寝室呢？是要喝吗？"

"一般人只会饮用冷水或温茶吧。"

"说得也是。那么他究竟为什么要这么做呢？"

"装了热水的塑料瓶，有个相当知名的用途。"

影山顿了一下才开口说出答案：

"可以当热水袋用。"

"热水袋？啊，原来是这么一回事啊！"

丽子总算明白了。"桐山健作为了取暖而抱着猫睡觉。那只猫失踪后，他打算拿装了热水的塑料瓶代替猫，抱着瓶子睡觉。这下我终于懂了。'猫跟塑料瓶的共通点是什么？'刚才那道谜题的答案是'两者都可以当热水袋用'吧？"

"回答正确，大小姐。"

影山郑重地行了一礼，向丽子表示敬意。

"不过，虽然我听过基本原理，但塑料瓶真的能拿来当热水袋用吗？"

"是的。我听说，实际上有很多人拿装有热水的塑料瓶当热水袋用，抱着睡觉。软塑料瓶装入热水后会受热变形，导致热水溢出。不过装茶饮的塑料瓶耐热性佳，装进热水后不易变形。只是——"

影山在丽子眼前竖起一根手指，恐吓似的提出重大警告：

"慎重起见，请容我提醒您，塑料瓶终究不是保暖设施。塑料瓶热水袋并非瓶子原本的用途，所以我绝不推荐您这么做。大小姐如果执意要试，后果自负。"

"我才不会这么做呢！为什么我非得抱着塑料瓶睡觉不可啊？"

丽子抱着自己的热水袋大叫。顺带一提，丽子怀里的是宝生家代代相传的白铁制热水龟。外面套上了布套，还加上了头、脚及尾巴，看起来真像只小绿龟。丽子看着这个热水袋，总算明白了。

"现场床上有条黄色毛巾。那会不会是拿来包裹塑料瓶热水袋的套子呢？"

"我认为事实正如您的猜测。大小姐既然都知道这么多了，应该已经想象出神秘橡皮筋的用途了吧？"

"这——当然，那还用说。"

丽子连忙思考起来。橡皮筋嘛，嗯——"对了！橡皮筋是拿来绑住包裹塑料瓶的毛巾的。只是用毛巾把瓶子包起来，毛巾会在睡着后松脱，所以必须用橡皮筋固定住。"

"不愧是大小姐，果然慧眼独具。"

影山说着肉麻的奉承话，脸上露出微笑。

"那么，健作先生把塑料瓶带进寝室当热水袋使用这个推理就相当合理了。"

"是啊。如此一来，毛巾跟橡皮筋的用途也就很明白了。不过等一下，怎样才能将塑料瓶热水袋跟桐山健作的死亡之谜串起来呢？"

"是。这正是接下来要进行的推理。"

影山的眼睛在银框眼镜底下变得更闪亮了。

"请您仔细想想，大小姐。假设健作先生窝回寝室之后才突然决定自杀好了。自杀用的氰酸钾也已经拿到手了。如果情况真的是这样子，那么，为什么健作先生要用热水袋里的热水来吞下毒药呢？"

"这……这个……"

"自我了断对一个人来说应该是神圣无比的仪式。热水袋里的热水，最普遍的用途只是在第二天早上拿来洗脸。虽说这是唾手可得的东西，但是健作先生却把热水袋里的热水倒入茶杯，用来吞服毒药！如果他要自杀，这是极不合理的事情。"

影山缓慢地摇摇头，然后以平静的语气道出结论：

"因此健作先生并不是自杀，而是被人下毒杀害的。"

6

丽子屏住呼吸，影山接着解释：

"如同风祭警部所想，犯人恐怕在胶囊里放入了氰酸钾吧。健作先生在厨房里将那个胶囊当成感冒药吞服下去。然后他带着装有热水的塑料瓶与橡皮筋回到寝室。寝室里大概原本就有毛巾吧。他拿毛巾包裹塑料瓶，并以橡皮筋固定住，做了一个塑料瓶热水袋。接着，他抱着塑料瓶热水袋钻进被窝，可是不久胶囊在胃中溶解，毒素蔓延全身，杀死了他。他在临死前痛苦挣扎，很可能抓着塑料瓶，用力拉扯着包裹在外的毛巾。所以橡皮筋才会断掉飞到墙边，毛巾与塑料瓶也才会散落分开——"

"那是上午十点过后发生的事情吧？然后犯人做什么了？"

"健作先生死亡后，犯人发现了尸体，并试图将现场伪装成自杀。其实很容易，只需要动点小手脚而已。犯人把装氰酸钾的容器扔在现场，然后拾起掉在床边的塑料瓶，将水倒进茶杯里。只需如此就能让现场变成健作先生在寝室内自行服毒的样子。说到这里，您应该已经发现了吧？犯人犯了一个天大的错误。"

丽子听完影山的问题，马上回答：

"犯人误以为掉在现场的塑料瓶是拿来装饮用水的，所以才会将水倒进茶杯里。这就是犯人的失误。"

"您说得对，"影山用力点了点头，"而从这点便能查出杀害健作先生的凶手的身份。"他随即大胆地宣告："现在来看嫌疑人的不在场证明。"

"不在场证明？"

丽子带着讶异的表情反问。

"等一下。毒杀事件跟不在场证明无关吧？因为犯人可以事先在胶囊里下毒……"

"不，我说的不在场证明，并不是关于毒杀的，而是犯人将塑料瓶里的水倒进茶杯时的不在场证明。请您仔细想想，大小姐。犯人在现场拾起塑料瓶之际，如果里头是很烫的热水，犯人还会误以为那是饮用水吗？"

"原来如此。撇开很烫的茶不谈，很烫的热水绝不会被人当成饮用水，不过也许会被当成热水袋。"

"您说得对。可是犯人却误以为那是饮用水。换言之，犯人触碰塑料瓶时，里面的水已经不是热水。想必热水已经彻底冷却，变成常温水了吧。"

丽子默默点了点头。影山的推理总算渐入佳境。

"那么，做出这种误判的犯人是谁呢？这时就要看嫌犯们的不在场证明了。首先，桐山和明在上午九点前往国分寺的餐厅上班，然后外出采买。如果他在那之后也一直待在店里，要对现场动手脚根本不可能。他不是犯人。"

"没错。那么他妻子贵子呢？"

"桐山贵子于上午十点跟邻居太太一起出门练习茶道。如果是她对现场动了手脚，那她是在健作先生死亡后不久，也就是在十点过后邻居太太过来接她之前动手的。可是，那时候塑料瓶里的水应该还是热的。贵子并不是犯人。"

"那么女儿美穗也一样啰。她在上午十点半跟朋友一起去学校。不过在十点半时，塑料瓶内的水不可能已经冷却至常温。"

"我也有同感。这么一来，有可能对现场动手脚的人，只有健作先生死亡后数小时仍旧留在桐山邸内的两名女性。也就是桐山信子夫人或帮佣相川早苗二者之一。"

"嫌犯缩小至两人了呢。那么真凶是谁呢？"

"辨别真凶的关键在于消失的白猫。这次事件是他杀，已经是显而易见的事实了。这样的话，大约一周前下落不明的白猫，应该就是犯人预先准备好的伪装自杀的突破口。失去至爱家猫而意志消沉的老人突然寻死——为了让众人相信这种平凡无奇的故事，犯人把猫藏了起来。事件发生后，犯人立刻把猫放出来。也就是说，大家以为行踪不明的猫，其实被藏在桐山邸的某个地方了。那么，把猫藏在宅邸里的会是谁呢？"

"通勤的帮佣办不到吧。"

"如果是通勤的帮佣，她应该会把猫带回自己家里，再把它丢得远远的。可是犯人却没有这么做。说不定，她自己对小白也相当依依不舍，所以才会只把它藏起来大约一个礼拜——"

"是啊。的确，事情似乎跟影山说的一样呢。"

丽子有了信心，道出最后的结论："犯人是信子夫人。"

"恐怕就是如此。信子夫人杀害了不肯脱手农地的丈夫，试图用这笔遗产重振儿子的餐厅。"

影山结束解谜，静静地行了一礼。

丽子暗自赞叹影山一如既往的敏锐。她心想，明天早上要重新审讯桐山信子了。

影山用讨好的语调询问丽子：

"大小姐，您觉得如何呢？希望这番推理有助于您的安眠。"

"你说安眠？哪里的话。"

披着睡袍的丽子气势汹汹地从床边起身，对管家下令："影山，去准备宵夜。我今晚没吃晚餐，肚子都饿扁了。对了，就吃宝生家特制的芡汁炒饭好了。"

"时间都这么晚了……那个，您身体还好吧？我记得您好像感冒了。"

"感冒？"丽子突然想起来似的将掌心贴在额头上，"这么说起来，好像好了呢！"

原来如此，影山说得对，案件获得解决似乎真的是最好的特效药。

影山对丽子露出挖苦的笑容，行了一礼。

"那真是再好不过了，大小姐——"

第二部　请勿在这条河内溺水

1

那是大学大道上的樱花已过盛开期的时节。随风飘舞的花瓣，宛如雪片一般洒落地上，黑漆漆的柏油路面被染成可爱的粉红色。在这般雅致的景象中——

一辆车蹂躏着可爱的花瓣，在国立市的街道上疾驰，一辆全长七米的豪华礼车。这应该是这个城市里格调最高、最华丽优雅，同时也最细长的自用车了吧。那是住在国立市内的世界级大富豪宝生家的凯迪拉克。国立市民遇见凯迪拉克豪华礼车，最先联想到的总是宝生家。

在这辆豪华礼车的驾驶座上握着方向盘的是侍奉宝生家的司机兼管家——影山。他斜眼看着街上随处可见的樱花树。

"大小姐，您看看，好漂亮的樱吹雪啊。"

他一本正经地朝身后说，可是后头却无人响应。影山透过后视镜窥探车厢里的情况。坐在后座上的宝生家独生女宝生丽子，手指按着发疼的太阳穴，低着头，简短地回答："不用了，我再也不想看什么樱花了。"

丽子使性子似的左右甩甩头。她身穿黑色裤装，戴装饰用眼镜，一头长发绑在后脑勺，打扮得非常朴素。这是丽子工作时的固定装扮。丽子的职业是警官。她是富豪千金,也是在国立市警署上班的现任刑警,也就是公仆。

"啊啊,可是……我也真是的。"

丽子在后座抱头回想昨晚失态的场景。

地点是吉祥寺的井之头公园。在这个季节里,相对于东边的上野公园,位于西边的井之头公园是更受人青睐的赏花圣地,学生、上班族以及乱七八糟的魑魅魍魉都集中在此,龙蛇杂处,举杯畅饮。

丽子不可免俗地也跟大学时代的社团朋友一起来到这充斥着赏花客的公园。

在盛开的樱花下,丽子与老友围坐成一圈,以啤酒"干杯",接着又就着烧酒"干杯",等到拿起日本酒"干杯"时,丽子已经口齿不清了。她回到了天不怕地不怕的学生时代,忘了自己现今从事的职业。

满是赏花客的公园,也是醉汉与失控年轻人大发酒疯的混乱之地。对年轻女性做出逾矩行为的男性多如过江之鲫。

一个看起来像学生、浑身散发出酒气的轻浮男子出现在丽子面前。

"一起来喝嘛,大姐——"那男人厚着脸皮逼近过来。丽子三番两次推开他的脏手,到了第四次时,丽子紧抓住他伸来的右手,宛如拧抹布般猛力一扭,"嘿!"一声吆喝,同时将男人朝后方抛掷。轻浮男子瞬间飞上半空中,画出漂亮的抛物线,一头栽进井之头池塘里。

瞬间周围一片死寂，不久人群里便爆发出欢呼声与掌声。丽子则回以胜利的手势，不知是否误会了现场的情况。而那些惊慌失措的朋友，连忙抱着她离开公园。

之后的事情丽子全都不记得了，醒来时她已经躺在宝生家的床上。掉进池子里的轻浮男在那之后怎么样了，丽子并不知道。

因为这个缘故，今早丽子很怕打开电视看新闻……

所幸，并没有任何电视台报道"井之头公园发现浮尸"的新闻。昨夜的事情，似乎是丽子与伙伴们通力合作成的一场"完全犯罪"。不过——

"那可不是现任警官应有的行为呢……"

讨厌的记忆与宿醉让丽子绷起脸来。仿佛要安慰她似的，驾驶座上的管家郑重地开口说：

"请您放心，大小姐。就算那名被害者出面指控，要求追究大小姐的责任，令尊清太郎老爷也会竭尽全力，把大小姐寡廉鲜耻的行为像搓丸子一样搓掉。大小姐根本无须担心大难临头。"

"啊，对哦，"丽子放心地抬起头来，"听你这么一说，我觉得的确没必要烦恼嘛。因为我爸爸是有钱人——你是白痴吗？"丽子痛骂管家。

"问题不在这里！"丽子不耐烦地在座位上跷起脚，"影山，你好像根本就不想安慰失落的我嘛。可怜的大小姐明明正陷入自我厌恶的旋涡之中……"

"这也没什么，谁都难免会在喝酒时做出一两件寡廉鲜耻的事。"

"我说啊,你不要老是把'寡廉鲜耻'挂在嘴巴上啦!这么说让我很受伤!"

遵命,影山带着看似殷勤实则无礼的态度回答。这个男人本应做个忠诚的管家,竟然恶毒痛批身为大小姐的丽子,如今这已成为宝生家日常生活的一部分。

"话说回来,大小姐,已经能看到多摩川了。差不多快到现场了。"

"不用你说,我一看就知道是多摩川。找个合适的地方停车吧。"

丽子从窗户里望向晨光下闪闪发光的多摩川河面。这是令人心情平静的祥和光景,不过根据丽子今天早上接获的通报,有人在这条河沿岸发现了离奇死亡的男性尸体。

影山把豪华礼车停在离现场有段距离的河岸道路上。如果搭乘这辆车直接抵达现场,那群为低薪所苦的探员将会萌生惊讶与嫉妒之心,导致现场警方士气低落。

影山下了驾驶座,为丽子打开后座的车门。丽子仅在此时对他展露符合富豪千金风范的优雅微笑。"谢谢。你可以回去了。"

"期待您大显身手,"影山恭敬地低下头,"请您事后再沉浸在自我厌恶之中。当您注意到在现场以平常的大小姐之姿,光明正大摆出旁若无人的态度是否恰当之后。"

"也对,我会这么做的——啊?你刚才说了什么?"

影山无视目瞪口呆的丽子,带着清爽的表情回到驾驶座上。瞬间,豪华礼车大肆排放着废气与尘埃,飞也似的逃离丽子。

被独自留下的丽子后知后觉地挥舞着拳头，对远去的豪华礼车大叫：

"谁旁若无人啊！你知道我在现场有多么客气吗？"

春风拂过河面，抹去丽子愤怒的叫声——

2

案发现场位于国立市与立川交界处。大批巡逻车与警官挤进分隔河岸与住宅区的一条堤道。外围围着两三层从附近跑来看热闹的民众。丽子拨开人墙抵达现场。

丽子一穿过印有"禁止入内"字样的黄色封锁线，眼前马上出现制服巡警。丽子戴上白色手套，同时警戒地环顾着周围。

"风祭警部呢？"

"在这边。"巡警便把丽子带到堤道旁的小草丛。大约三块榻榻米大小的空地上，高及成人腰际的草木繁茂。草丛前面似乎是陡峭的斜坡，再前面是宽广的河岸。

丽子往草丛内窥探。老实说，除了丢放坏掉的电视，这个地方没有任何利用价值。不出她所料，她的视线前方出现了一台非法弃置的电视机。旁边则是一名遭到非法弃置的年轻男子。男人呈大字形仰躺在地上，一动不动。他已经死了。

丽子吓了一跳。不是因为看到尸体。在这方面丽子可以说是身经百战。她惊讶的是那具尸体穿着刺眼的白色西装。就丽子所知，国立市一带只有一个人拥有如此异常的衣着品位。

那就是知名汽车制造商"风祭汽车"的少爷，国立市警署引以为傲的精英刑警，同时也是丽子的直属上司。

"风风风风……风祭警部！"丽子瞬间明白了一切，"啊啊，终于……"

"小姑娘，什么'终于'啊？"

丽子听到背后传来呼唤，忍不住不顾一切"哇啊！"地发出叫声。然后她再度瞬间明白了一切。她仔细一想，风祭警部才不可能那么轻易就死掉。

丽子若无其事地转身，带着完美的假笑向上司打招呼：

"您在这里啊，警部。觉得有点失望——不，是松了口气。"

"嗯，我姑且就不过问你是误会了什么吧。"

对于警部贴心的关怀，丽子感激地行了一礼。然后她重新观察起尸体。

年纪二十五岁以上。五官端正，皮肤晒得黝黑。不知道是不是朝露的关系，染成棕色的头发湿答答地贴在额头上。体格不胖不瘦，缺乏特征。不过，独特的衣着品位倒是为这个男人增添了不少特色。西装的颜色如前所述，搭配紫色衬衫以及红色袜子。腰带跟鞋子不知道是蛇皮还是鳄鱼皮制的，总之应该是爬虫类。

警部比较过自己的白色西装与尸体的衣着后，突然绷起脸来。

"你该不会把这个被杀害的男人误认成我了吧？"

您的推理真是一针见血啊，警部。这也不是不可能！

丽子尽管心里这么想，还是顾左右而言他。"这名男性可以视为他杀吗？乍看之下没有显著的外伤呢。"

"这倒也是。好像也不是被勒死的。难道又是毒杀吗？"

丽子受到警部的话的刺激，将脸凑近尸体。刹那间，微微的酒精气味窜进她的鼻腔里。看来这名男性死亡前似乎喝了很多酒。如果是急性酒精中毒，那就不是他杀，而是单纯的病逝了。

"也罢。总之，查明死因不是我们的工作，交给法医吧。"

风祭警部停止追究死因，检查尸体的口袋。西装胸前的口袋里有黑色长皮夹。不过里头没有现金，也没有卡片之类的东西。只有医院的挂号证。

警部像是炫耀自己独有的功劳似的高声念出写在上面的名字。

"石黑亮太啊……这家伙到底是什么人呢？"

此时，仿佛呼应警部的自言自语般，丽子等人背后传来声音：

"石黑亮太我知道。如您所见，那家伙是个小混混。"

丽子和警部回头一看，一名制服巡警站在那里。他年纪很轻，跟丽子差不多。锐利的目光带有强烈的正义感，粗厚的眉毛给人一种认真的印象。

"你说小混混——什么意思？"警部问巡警。

"是，其实石黑这个男人，打从学生时代起就是大家都拿他没辙的恶棍，在地方上小有名气……"

"不，等一下，我不是在问这个，"警部将自己的脸凑近年轻巡警，露出令人毛骨悚然的笑容，"你说'如您所见，那家伙是个小混混'，这句话是什么意思？莫非你是说我一身阿玛尼西装打扮，看起来很像小混混吗？"

警部生气不是没道理的。被人说成小混混的确太悲哀，至少也是黑道大哥吧。反正怎么也不像警官。

年轻巡警吓得直打哆嗦。

"我我我……我绝无此意……如如如……如您所见，石黑打扮得非常风流倜傥，可是这男人总是游手好闲，时常出没立川车站外围。我最近还在想怎么没看到他，结果他居然死于非命……"

"嗯，这样啊，"警部暂时收起怒气，重新询问巡警，"话说回来，在草丛中发现尸体的是谁呢？"

巡警背脊挺得笔直，回答道："是个姓芝山的年轻男性。那个，该怎么说呢？其实这个男人跟石黑也是半斤八两……"

过了一会儿，一个穿着豹纹运动服配紫色外套，以及灰色——说老鼠色更准确——工作裤的男人，出现在丽子他们面前。原来如此，这个人确实拥有跟石黑亮太不相上下的怪异品位。

那男人在傻眼的丽子一行人面前突然把下巴往前一挺。他似乎是想以此代替打招呼。

"我是芝山悟。刑警先生，找我有什么事啊？我可没做什么坏事啊。"

芝山悟方脸，剃了个小平头。他看起来似乎从孩子王原封不动直接长大成人了。他两手插在裤子口袋里，耸起双肩，一副想找刑警吵架的样子。他如此虚张声势，但仍藏不住内心的恐惧。

"哦，你就是芝山啊，"警部鄙夷地瞥了男人一眼，"那就先请你告诉我们发现尸体的经过吧。你是几点左右发现的呢？"

"这个嘛，好像是上午六点半吧。"

"哦，你起得还真早啊。"警部纳闷地皱起眉头。

"反啦，反过来啦，"芝山悟摇了摇头，"那时候我刚结束在深夜道路工程上的工作，正准备回公寓睡觉。我独自走在这条堤道上，刚好看到那边的草丛——"

"有一具尸体。"

"不，有一台电视机。不过啊，现在这个年代谁还捡电视回家啊。我这样想着，突然看到有个打扮得很帅的男人倒在电视机旁边。没错，就像刑警先生一样时髦——奇怪，我说错什么了吗？"

"不不，算了。没什么，你不用在意……"

警部被身穿紫色外套的芝山悟称赞，似乎陷入了复杂的情绪之中。丽子接替意外受到盛赞而藏不住心中复杂情绪的上司，继续发问：

"你看到倒在草丛里的男人时，是怎么想的？"

"一开始我以为只是个醉鬼在睡觉。毕竟这季节常发生这种事情。我心想还真是幸运——不对，这真是太危险了，于是试着靠近这个男人观察情况，可是我越看越觉得不对劲。男人一动也不动，而且我也听不到呼吸声。我仔细端详那男人的脸后吓了一跳！这不是石黑大哥吗？"

"咦？你认识石黑亮太先生吗？"

"岂止认识，他是我交心的大哥啊。我受了大哥很多照顾。他好几次带我去喝酒，还给我零用钱。对了！这件豹纹运动服跟紫色外套也是大哥给我的。"

"啊……啊啊，是这样啊……"看来他怪异的品位是从大哥身上承袭而来的。

"顺带一提，这条灰色裤子是我自己买的。"

"哦，"这种信息不重要啦，"那么你发现石黑先生死了之后，做了什么呢？"

"当然是用手机打一一〇报警啊。只有这样而已。"

"真的吗？"风祭警部从旁插嘴说，"你没有把钱从钱包里抽走吗？"

"才没有呢！我要是这么做，会被大哥宰掉的！"

"放心吧。死掉的大哥不会来追杀你的，"警部精辟地说，"话说回来，你知道石黑先生得罪过谁，或是跟谁起过争执吗？"

"这个嘛，或许有吧，可是我也不太清楚。只是最近大哥手头好像突然变得很宽裕。"

"哦，是中了彩票吗？"

"不是啦。听说他有个远房叔叔，那个人好像很照顾他。那个叔叔八成是个好人吧。对了，那人好像住在成城。我记得大哥曾经说过，那人住在很好的地方。"

成城是个时髦奢华的宅邸栉比鳞次、上流社会的居民熙来攘往的高级住宅区。以立川车站外围为地盘的小混混，很少会去那种地方。

"话说回来，刑警先生，石黑大哥为什么会死呢？是被谁杀死的吗？"

风祭警部只能简短地回答："这点还不清楚。"

于是芝山悟也同样淡淡地应了声："是吗？"

他究竟对大哥的死抱有多少哀悼之意，丽子也无法判断。

不久验尸开始，石黑亮太死因揭晓。负责验尸的山羊胡法医首先针对死亡时间自信满满地说：

"从死后僵直与体温降低等情况来看，推测死亡时间为昨晚七点到九点这两个小时内。这点几乎是错不了的。"

不过法医提及死因时，却突然含糊其辞。

"死因吗？这个嘛，虽然解剖之前无法确定，但是压迫尸体的胸部时可以看到鼻孔冒出细微泡沫，因此可以认为这男人的死因……八成是溺死吧。"

"溺死？"丽子忍不住尖声怪叫。

"在陆地上？"警部也瞪大双眼露出惊愕的表情。

两名刑警面面相觑，然后不约而同地将视线投向堤道另一边。展现在眼前的是杂草繁生的宽广河岸。更远处就是多摩川。

虽然有不少人在多摩川里溺水，可是，在陆地上见到溺死的尸体——

3

当天下午，丽子跟风祭警部乘着巡逻车一路赶往东京世田谷区的成城。

负责驾驶的是丽子。从国立市的现场开车到成城，走一般道路大约需要四十分钟。目的当然是为了找芝山悟所供称的"石黑亮太的叔叔"问话。不过，这个人是否真的存在，警方还不能十分确定。

副驾驶座上的警部斜眼看着高雅的街景，叹着气轻声说：

"接下来，重点该是如何找到目标人物吧？我可不喜欢枯燥无味的打探工作啊……"

风祭警部讲究排场，基本上不喜欢这类靠着双腿走访的朴实搜查工作。警部讨厌什么就直接说出来，丽子有时对此感到很羡慕。她自己也不是个喜好单调工作的人。丽子突然想到一个好办法。

"啊，那里有警署，警部。到那里问问看吧。"

丽子把车停在成城警署前。"啊，警部可以站在车子旁边吗？"

啊？警部疑惑地歪着头。丽子把警部留在车子旁，独自往戒备森严的建筑物走去。她向手持木刀、直挺挺地站在玄关前的中年警官搭腔。丽子表明自己是国立市警署的刑警后，便悄悄指一指巡逻车问道：

"您看，那里有个身穿白色西装的小混混。您认得他吗？"

"嗯？不，我不认识，"中年警官摇了摇头，"不过，在这条街上倒是常看到一个那种打扮奇怪的小混混。他们是兄弟吗？"

"没错，就是你说的那个男人！"不过他们并不是兄弟啦，丽子在心中偷偷吐舌头，"您知道那个小混混常在哪里的住宅出入吗？"

"确切位置我不清楚，不过好像常在五丁目附近看到他。"

丽子道谢后便带着满脸笑容回到车旁。"警部，我查到了！"

"是吗？我不知道你是怎么问的，但似乎是有所收获。干得好，宝生！"

"不，我并没有做什么值得夸奖的事情……"丽子心怀愧疚地搔着头，钻进驾驶座，"总之在成城五丁目，去看看吧。"

丽子单调无味的打探奏效了，他和警部总算查出了此趟行程的目的地。

挂在门柱上的门牌写着"神崎"二字。根据方才向路上行人打听的结果，神崎家似乎是个资产阶级家庭，代代都在当地从事不动产买卖。这栋住宅的确很有资产阶级的味道。宅邸被厚重的门扉与高耸的红砖围墙保护着，是一栋两层楼的豪宅。

"好气派的家啊，"风祭警部抬头仰望着建筑物轻声说，"虽然还比不上我家。"

"好像有很多房间。"丽子也赞叹道，同时在心中低语，可是还比不上我家啦！

警部通过对讲机表达来意。不久，一名中年妇人走出宅邸，为两人开门。妇人自称神崎佐和子。神崎佐和子以周到的礼数接待两名刑警，唯独不能容许巡逻车停放在门口。因为这实在是太不体面了。

"可以麻烦您把车停到这里吗？"

在佐和子的催促下，丽子把巡逻车开进宅邸内的停车场。

院子里矗立着三棵已过盛开期的高大樱花树，树下已经停了两辆车。其中一辆是全黑的奔驰，另一辆则是国产的黄色小型汽车。散落的樱花花瓣在两辆车的车顶与引擎盖上积了厚厚一层，几乎已经到了难以确定汽车是黄色或黑色，还是原本就是粉红色的程度了。

丽子把巡逻车并排在两辆车的旁边。

佐和子带着两名刑警前往宅邸的接待室。过了一会儿，一位中老年男性接替佐和子出现了。那男人体格魁梧，看起来很适合坐董事的位子。

"在下是神崎正臣，"男人发出浑厚的低音，低头致意，"听说两位来自国立市警署？两位找我究竟有何贵干？"

"其实我们是想请教您关于石黑亮太这个男人的事情。"

神崎正臣听了警部所说的话，脸上瞬间闪过震惊的神色。"石黑亮太是我的远亲，他做了什么吗？啊，难道是犯罪了？到底发生了什么事？"

石黑亮太在这个家里似乎也被当成了害群之马。警部立刻摆了摆手。

"不是的，请您冷静下来听我说。今早石黑亮太被人发现陈尸国立市多摩川沿岸的堤道上。据推测，他可能是被人杀害了。"

警部淡淡地陈述事情。神崎正臣表情愕然地听他说。

"石黑死了……您说是被杀死的？为什么……到底是谁呢？"

"不知道。我们来这里就是为了查明真相。"

"是吗？那么，已经确定是他杀了吗？"

"是的，从现场的情况看，死者不像是自然死亡，更不可能是意外或自杀。我想应该可以视为一起杀人事件。请您务必协助调查。"

警部以不容分说的语气说完这段话，立刻开始讯问："听说您最近经常给予石黑先生照顾。这是为什么呢？"

"不——不为什么，毕竟他是亲戚啊。如果他来这里玩，我当然欢迎。我会请他吃饭，留他过夜。这种事情很平常吧？"

"的确，如果只有这样的话，"风祭警部露出仿佛想要敲诈心神不定的对手一般的笑容，"那么，给钱也是很平常的事情吗？"

"没——没有啦，只是给了点零用钱。一点小钱。"

姑且不论金额多寡，神崎给石黑钱似乎是不争的事实。神崎承认此事后后悔似的稍微绷起了脸。

"我明白了，"警部满意地点了点头，"话说回来，最近您可曾去过国立市一带呢？"

"没有，我也没去过多摩川。我去那里没什么事情做。"

"是吗？那么昨晚七点到九点之间，您人在哪里，在做些什么呢？嗯，这是在调查不在场证明吗？没错，这就是在调查不在场证明！"

风祭警部仿佛摔出挑战书一般，故意直言宣告。不过神崎正臣听了他这句话之后，却咧嘴一笑。

"昨晚七点到九点，我找了朋友来开家庭派对呢。虽说是派对，但也只是在院子的樱花树下烤肉罢了。简单来说就是在自家赏花。昨天是妻子的五十岁生日，所以也算是顺便庆生。是的，我找了五六个好友热热闹闹地庆祝一番。不是只有我哦，我们家四个人全都参加了。刑警先生，需要我把昨晚招待的客人叫什么住哪里全都告诉您吗？"

形势逆转了。神崎正臣骄傲地挺起胸膛。风祭警部面露不快的表情，一句话也说不出口。

"那家伙好像心神不定，我还以为能够一举攻陷他呢……"神崎正臣离开后，风祭警部在接待室内心有不甘地嘟哝道，"可恶，我猜错了吗？"

警部的手中握着昨晚派对的参加者名单。派对来宾头衔有公司经营者、公务员、医生、律师以及推理作家等，个个都是大有来头的人物。慎重起见，必须逐一清查，不过这份名单基本上不可能是瞎编的。

"可是警部，"丽子推了推装饰眼镜说道，"即便神崎正臣并未杀人，我认为他还是有点可疑。石黑只是他的远亲，他却给石黑钱，其中必定有什么理由。"

"嗯，我的想法也跟你完全相同呢，宝生。"

警部，说谎的小孩长大会做贼哦，您在警察学校里没学过吗？

承受丽子冰冷视线的风祭警部掩饰什么似的端正姿势。

"这么说来，神崎正臣或许被石黑抓住了什么把柄。如果是这样，就有充分的杀人动机了。不过关于杀害方式，还真叫人想不透啊……"

"您是说在陆地上溺死吧……"

这时传来敲门声，接待室的门随即开启，一对年轻男女探进头来。

男的名叫神崎佑次，二十五岁。女的名叫神崎诗织，二十一岁。两人是神崎正臣与佐和子的子女。神崎家是由父母及两名成年子女所组成的四人家庭。

据说神崎佑次在父亲经营的公司担任社长助理。诗织则是今年四月刚升上大学四年级的在校女大学生。两人突然跟素昧平生的刑警会面，都藏不住心中的困惑。两人战战兢兢地在刑警面前的沙发上坐下。

"两位或许已经听说了，石黑亮太先生被杀害了。"

丽子说完这段开场白后，便开始提问："方便告诉我你们所知道的事情吗？在你们眼里，石黑先生是个怎样的人呢？"

"什么怎样，就是远亲啊。爸爸是这么说的。应该就只有这样吧。"

佑次冷淡地回答，仿佛没有把石黑这个人放在眼里。他似乎并不为石黑的死感到惋惜。立川的游手好闲之徒跟成城的资本家之子水火不容也是很自然。

"石黑先生总给人一种可怕的印象，眼神也很凶恶，感觉好讨厌。"

诗织比佑次更坦率地说出她对石黑的厌恶感。不过立川的游手好闲之徒跟成城的资本家千金彼此水火不容同样也很自然——

话虽如此，厌恶不可能导致杀人。能否视他们为嫌犯还无法判断。丽子先询问他们昨天的不在场证明。

"听说昨晚府上开了家庭派对，两位都参加了吗？"

佑次与诗织兄妹两人表现出不置可否的模糊态度。

"您是说赏花的事吧？一开始我跟诗织都在场哦。不过毕竟受邀的客人是爸妈的朋友。我和诗织跟他们的年纪相差太多，根本聊不来。我们很快就觉得无聊，所以看准时机就偷偷从派对上溜走了。之后我们回到屋内，各自待在自己的房间里。"

"哦，也就是说，"风祭警部从旁插嘴，提出多余——不，是更精确的问题，"你们在晚上七点到九点之间没有不在场证明，没错吧？"

"不在场证明？"诗织突然面露怯色，转头望向身旁的哥哥，"这是在调查不在场证明吗？所以说，我们被怀疑了吗？"

"看来是这样。"佑次表现出戒备的态度。

"不，我们绝不是在怀疑两位……"警部这时再解释已经太迟了。

"没关系，您大可以怀疑，"佑次摆出强硬的姿态，"不过刑警先生，事件是发生在国立市吧？既然如此，我是不可能杀人的。的确，晚上七点到九点之间我不是一直都待在客人面前。派对开到一半我就钻进房里了。可是我不是一直都自己一个人。其间我跟赏花的人打过好几次照面。偶尔我会回烤肉区拿东西吃，去上厕所的途中也碰到过一位客人——事情就是这样。"

"换句话说，你一直都待在家里啰。"

"没错。我不可能前往多摩川的堤道上杀人。"

案件并不是在多摩川的堤道上发生的。没有人能够让石黑亮太溺死在陆地的堤道上。犯案现场另有他处。不过丽子也很难判断警部是否明白这点。

"唔，原来如此，"警部微微点了点头后，便将视线转向诗织，

"那你呢？"

"我跟哥哥不同，一直把自己关在房间里，然后就睡着了。我想我应该没有不在场证明，可是我跟案件无关。请您相信我，刑警先生，我不可能杀害石黑先生。"

从诗织的话语中可以充分感受到她的紧张与认真，可是她要证明清白，还欠缺具体的证据，还不能把她从嫌犯之列剔除，丽子心想。

风祭警部抱着双臂。"原来如此，我明白了。"他煞有介事地点了点头，结束对两人的讯问。丽子不明白警部到底是明白了什么。

总是在什么都不懂时故意装懂，他就是这种男人——

丽子跟风祭警部结束对相关人等的讯问后，便踏出神崎家的玄关。神崎佐和子尾随其后，给两人送行。警部一边走向停车的后院，一边以若无其事的语气询问佐和子：

"话说回来，后院里停了两辆车呢。从昨天晚上到今天早上，有谁开车出过门吗？"

警部的意图很明显。如果神崎家的某人涉及本次犯罪，问题就是那个人要如何前往多摩川的陈尸现场了。当然，自己开车前往多摩川的可能性最高。

"昨天晚上到今天早上吗？"佐和子听了警部的问题，歪头思索，"今天早上我曾经开车外出。"

"夫人吗？到多摩川？去做什么？"警部显然误解了夫人的

意思。

"那个……我从来没有说过我是去多摩川啊……"

"哎呀，对哦。"糟糕，风祭警部搔着头。

这么粗心的人，为什么能够得到警部的头衔呢？这点对丽子来说也是个谜。

"我是去便利店，"佐和子神情自若地接着说，"我今天早上准备早餐时，突然发现酱油用完了。我忘记昨天烤肉时就用完了。"

"所以夫人才会驱车前往便利店吧？顺便请教一下，这个家里除了夫人以外，还有谁有驾照呢？"

"全家人都有。所以今天早上我本来想拜托丈夫或诗织去，可是两人因为看晨间脱口秀节目看得入迷了，都回答'不想去'。最后我只好自己去便利店了。"

"嗯？"丽子推了推装饰眼镜问，"您没有拜托令郎吗？"

"您说佑次是吗？不，那孩子今天早上赖床，那时候还在被窝里睡呢。"

丽子听完佐和子的话，心中瞬间对神崎佑次产生些许怀疑。

佑次会不会趁着深夜全家入睡万籁俱寂之时，自己驱车前往多摩川沿岸的案发现场呢？所以今天早上只有他起床起得晚了。这种想法难道太天马行空了吗？

正当丽子想到这里时，电子音效《我的路》突然响彻四方。片刻后，警部掏出手机。居然将弗兰克·辛纳特拉的歌曲用在最新型的智能手机上，不愧是我行我素的风祭警部。他炫耀地将手机贴在耳朵上。

"我是风祭……嗯……嗯……什么？好，我知道了！现在马上过去！"

警部收起手机，对眼前的佐和子行了一礼。"那么夫人，我们还有急事，就此告辞了。"警部径自向她道别。然后他得意地命令丽子："走啰，宝生！"

警部话一说完，马上朝着后院拔腿狂奔。警部无视铺满樱花花瓣的两辆车，迅速坐进巡逻车里。丽子也连忙尾随在上司身后。丽子钻进副驾驶座，边系安全带边问：

"警部，怎么了？案件有什么进展吗？"

"啊啊，没错。找到石黑亮太的住处了，是离发现尸体的堤道有点距离的公寓。要冲啰，宝生！"

驾驶座上的风祭警部用力踩下油门。轮胎嘎吱作响，车子急遽启动。落在引擎盖上的花瓣猛烈地随风飘舞，载着两人的巡逻车险些撞上佐和子，随即冲出神崎家的大门。

4

国立市南部，和泉住宅区旁的两层楼木造建筑。挂着"泉庄"广告牌的公寓前方，聚集了许多警官与几辆巡逻车。载着丽子与风祭警部的车以后轮滑胎之姿停进巡逻车之列。两人飞奔下车，随即在制服巡警的带领下踏进其中一室。

那是一楼的一号室。入口处有面写着"石黑"的名牌。

套房格局是十平方米大小的一房以及厕所、浴室和小厨房，除此之外还有个大约一平方米大的壁橱，空间非常狭小。榻榻米上铺着略脏且从未叠过的被褥，很像独居男人睡的地方。周围散落着男性周刊、杂志与脱了不收的衣服。厨房里有单身男性用以维持不健康饮食习惯的杯面，以及吃光的面碗。整体来说，就是个充满单身男性生活气息的地方。真不想在这里呼吸，丽子认真地想。

"看来石黑似乎没有把神崎正臣给他的钱拿来打造舒适的居住空间呢，想必都花在吃喝玩乐上了吧——哎呀！警部，您怎么了？"

风祭警部做出掩嘴的动作，他的脸眨眼间泛上红色。

不久，警部仿佛已经忍耐到极限一般，冲向窗户，立即打开，"呼啊——"地往窗外吐出憋住的气。他似乎受不了充满房间的男人味，刚才停止了呼吸。丽子虽然能体会他的心情，但觉得这也太夸张了。

"停止呼吸可是会死人的哦，警部。"丽子道出连小学生都知道的事实。

"我明白，"警部重重地吁了口气，"可是，纤瘦的我似乎不适合呼吸这房间里的空气。硬要说的话，我属于那种喜欢在美女的发丝中深呼吸的人。"

"请不要说那么恶心的话！这个……"

这个爱好女色的变态警部！丽子拼命憋住这句差点脱口而出的真心话。

"总——总之，石黑亮太被杀害的秘密或许就藏在这个房间里。来找找看吧，警部。"

于是丽子与风祭警部仔细巡视石黑亮太的房间。十平方米大小的房间里，能称得上家具的东西只有电视、小桌子，以及彩色置物柜。

丽子把头探进去，调查彩色置物柜内部。

"哎呀！"丽子在柜子里发现了奇怪的东西，于是伸出右手。不过丽子看了拿出来的物体后，失望地说："什么嘛，是谷保天满宫的御守啊。这也不算什么稀奇的东西……"

谷保天满宫的御守，据说普遍到约半数国立市民都拥有一个，号称是提升能力值的最强道具。小混混也会去求神保佑，顺便拿个御守，这没什么好不可思议的——丽子这么想时，远处突然传来上司的声音。

"喂，宝生，过来一下！我有重大发现！"

丽子吓了一跳，抓着御守挺直背脊。不过丽子不是警部说什么都照单全收的人。因为警部亲自发现的蛛丝马迹全是"重大发现"。丽子在心中把上司的话打个对折后，便冲向他呼唤的方向。

警部在浴室。他蹲在浴缸旁专心地注视着排水孔，指着加装在排水孔上的网状盖子，对丽子露出骄傲的表情。

"你看看，宝生。你知道这是什么吗？"

丽子端详着警部的指头前方。网状盖子上缠绕着许多毛发，有个特别显眼的绿色物体卡在毛发上面。

"好像是植物呢……这是什么……会是杂草吗？"

"不是，"警部洋洋得意抬起头来，"这是水藻，在水中繁殖的水藻。"

"似乎的确如您所说。可是,为什么这种地方会有水藻呢?"

"哎,答案很简单啊。这类水中植物大量生长的地方,这一带就首推多摩川的水边吧。毕竟国立市附近没有海湾与湖泊嘛。也就是说,有大量多摩川的河水,被搬进了这间浴室。这些水中植物证明了这点。那么,为什么要把河水搬过来呢?当然是为了让石黑亮太溺死了。"

警部站起身子,然后皱着眉头继续自己的推理:

"石黑亮太的尸体是在多摩川的堤道上被发现的。虽然乍看之下好像是谁把河里溺死的尸体搬到了堤道上,但实际并非如此。石黑亮太根本不是在河川里溺水,他是在自家浴室,也就是这个地方溺死的。当然,是凶手亲手将他溺毙在此处。"

"也就是说,犯人企图捏造案发现场啰。"

"没错。恐怕目的是想将事件伪装成自杀或意外吧。凶手八成是被害者的熟人。凶手向被害者劝酒,让他喝得酩酊大醉,然后凶手将事先准备好的多摩川河水带进这间浴室,在这个浴缸里……不,浴缸太费工夫了。不用浴缸也行。只要有一桶水就够了。对了,比如说将那边的塑料水桶装满多摩川的水,接着把醉得不省人事的石黑亮太的头压进水桶里加以杀害。之后再用车子把尸体运到多摩川,弃置在堤道旁的草丛里——就是这么一回事。"

"可是弃置在堤道旁的草丛里,就无法伪装成意外或自杀啊……"

"嗯——这个嘛,途中大概发生了很多超乎凶手预料的事情吧。"

警部一旦遇到过不去的点就自动转弯。话虽如此,警部的推理大致上还是有很多地方说得通。今天风祭警部或许会跟往常不太一样。

"总之,实际犯案现场,十之八九就是这间浴室——喂,把这个塑料水桶送交鉴定科。要调查桶内的水的成分。"

警部对警探下完指示离开浴室后,注意到丽子手里的东西。

"对了,宝生。你一直紧握着什么宝贝?"

"咦?啊啊,您说这个啊,"丽子听他这么一说,才察觉到自己握着那个御守,"这是在彩色置物柜里发现的。"

"谷保天满宫的御守啊。这东西没什么稀奇的。"

"是啊,"丽子大声地随口念出写在御守袋上的文字,"这是十分常见的'祈求安产'御守……呃,祈求安产?"

"什么,祈求安产?"警部也兴致盎然地把脸凑近御守。

"好像是的。这御守到底是要保佑谁安产呢?"

"唔,至少不会是保佑石黑亮太吧。"

"那当然。警部,请您不要开玩笑好吗?"丽子隔着装饰眼镜瞪了警部一眼。

"我又没在开玩笑。"警部摆出擅长的耸肩姿势。然后他抓起似乎蕴藏着问题的御守:"哎呀,里头好像放了什么哦。"

风祭警部满怀期待地将手指伸进御守袋里。不久,他用指尖抽出了一张小纸片。纸片表面泛黄,似乎有些年头了。警部摊开一看,上头用蓝色墨水写了些小字。警部仿佛朗读定食餐厅的菜单似的念出纸条内容。

"父亲，神崎正臣……母亲，石黑明子……长男，亮太……什——什么！"

"咦咦？"丽子忍不住望向警部，"父亲，神崎……长男，亮太……"

"嗯嗯，"风祭警部呻吟似的说，"石黑亮太是神崎正臣的私生子啊！"

御守袋中突然冒出意外的事实。不，是不是事实还没有确切的证据。不过假使真是这样，神崎正臣给予石黑亮太金钱上援助一事，也就能充分获得解释了。留在纸片上的父子关系可信度应该相当高。

丽子跟风祭警部只是目瞪口呆地面面相觑——

5

当天晚上，丽子结束一天的繁忙业务后，平安地回到宝生邸，使劲发着牢骚：

"啊——真受不了，我不想再做这种让人喘不过气来的打扮了——"

她将拘束的成套裤装脱掉。

她摘下装饰眼镜，松开绑起来的头发，穿上粉红色连身洋装，现在不管怎么看都像个富豪千金。跟数小时前为了调查河岸上的尸体东跑西跑的丽子简直判若两人，连丽子本人也觉得不可思议。

丽子在宽敞的餐厅里享用迟来的晚餐。丽子以生腌沙丁鱼片、扁豆西红柿汤、烤龙虾等平凡无奇的菜肴填饱肚子后，忽然心血来潮地对守在身边的管家下令：

"今晚天气好像很温暖，我要去院子里晃晃。影山，拿饮料过来。"

影山恭敬地行了一礼，回答："遵命。我马上准备——"

过了一会儿，丽子坐在宝生邸庭院一角的躺椅上，啜饮着白葡萄酒。

宝生邸的庭院很大，植物繁多。有高大的松树和枫木、杜鹃花丛，每个季节有不同花卉盛开的花圃及玫瑰园。瓢箪池里漂浮着大片荷叶，温室里也种了亚热带稀有植物，不久前庭院一角还种植了茄科新品种——

不过在这个季节里，为宝生邸的庭院增添最多光彩的当然就是樱花。如今樱花已过了盛开期，正渐渐凋零。丽子为了休养疲于工作的脑袋与身体，让全身浸浴在翩翩飞舞的樱花花瓣之中。手里的酒杯里也飘落了一片粉红色的樱花花瓣。

"太棒了，"丽子看着高脚杯中的樱花说，"在自己家赏樱感觉特别美呢。"

守在一旁的影山露出沉稳的笑容点了点头。

"的确，在这里不用担心被醉汉缠上，也不会因为过度防卫而将别人推落水池。可以尽情赏樱，不受任何人打扰。"

"呜！"丽子心中瞬间激起涟漪，握着高脚杯的手更加用力了。

打扰人家赏花的是你吧？不要再提起昨晚讨厌的记忆了！

丽子并未出口咒骂，而是轻睨了管家一眼。影山仿佛洞悉一切似的，颤抖着绷紧身体，马上转换话题：

"话说回来，大小姐，今早的案件怎么样了？发生在多摩川的案件是自杀，还是意外身亡？再怎么样也不可能是他杀吧……"

"是他杀哦，"丽子这么断言后，便咕噜咕噜地大口喝着高脚杯内的酒，"在多摩川的堤道上发现了溺死的尸体。不过你已经知道了吧？通过脱口秀节目还是什么的。"

影山惊讶地推了推银框眼镜。"不愧是大小姐，真是明察秋毫。"

什么明察秋毫啊——丽子惊讶地看着自己忠实的仆人。

这个名叫影山的男子虽然身为管家，却对警方遇到的离奇案件异常感兴趣。他拥有优异的推理能力，多次凭借聪明才智引导丽子等人破获案件。在这方面，这男人确实相当有帮助，不过，如果可能的话，丽子希望可以不借助他的力量破获案件。那是丽子身为警官的骄傲，也是大小姐的自尊使然。

"不过这次的调查很顺利哦。案情是很怪异，可是已经越来越明朗了。所以别担心，没有必要借助你的力量。而且这次风祭警部的推理好像也还挺顺的……"

"您说风祭警部很顺？"影山面露狐疑，"这该不会是危险的征兆吧？"

"这么说太失礼啰。警部偶尔也会……"不，等等。风祭警部的推理一路顺遂，他的话接连说中了真相。过去曾发生过这种事吗？不，一次都没有！"的——的确，影山说得或许没错。"

案子极有可能成为无头悬案。不安的丽子以有失端庄的动作

一口气喝光高脚杯内的酒,影山立刻将酒瓶内的酒倒进高脚杯中。然后他以抚慰人心的低沉嗓音在丽子耳边悄声说:

"大小姐,您跟我谈谈这起怪异的案件如何?影山为了大小姐,自当不吝予以协助。"

"我——我知道了,"丽子干脆地点头答应,因为她认为与其让案件成为无头悬案,向管家低头请教要容易多了,"那我就从头说起,你仔细听好。被害者名叫石黑亮太。尸体是在多摩川沿岸的堤道上被人发现的……"

丽子开始对影山讲述案件的详情。不知为什么,总觉得有种被一流诈骗犯给欺骗了的感觉——丽子不经意地想。

过了一段时间后——

丽子讲完风祭警部在石黑亮太的公寓中发表的那番推理,从御守袋里发现了意外的人际关系后,她的说明总算告一段落。丽子说话时,影山一直站在她身旁,几乎不发一语地专心聆听。

"影山,怎么样?有什么不懂的地方吗?"

影山缓缓地点了点头,对丽子提出几个问题:

"送交鉴定的塑料水桶中验出了什么吗?"

"不,水桶好像洗得很干净,什么都没有验出来。所以我们采集了缠绕在排水孔的水藻、湿头发,还有积水等,已经送交化验。如果从中发现了河川中的微生物残余,就能确定案发现场是那栋公寓的浴室了。"

"原来如此,"影山面无表情地点了点头,继续提出其他问题,

"话说回来,那个祈求安产的御守,可以视为被害者母亲持有的东西吗?"

"嗯,错不了的。听说石黑明子从事特种行业维生,凭着一介女子之力把亮太抚养长大。这位明子女士大约半年前生病过世。以下纯属想象啦,石黑亮太大概在整理过世母亲的遗物时发现了那个御守吧。然后他看到了藏在袋中的字条。"

"原来如此。于是他知道自己的亲生父亲名叫神崎正臣。他查出亲生父亲现在的住处,开始进出那座宅邸。神崎正臣被抓住把柄,只能任凭石黑亮太予取予求,不断地掏钱给他——这是极有可能的情况。"

"石黑亮太手头突然变宽裕,原因就在这里吧。"

"可是,一定有人觉得他很碍眼吧。不,应该对神崎家所有的人来说,他的存在都是累赘。亲生父亲正臣也不例外。"

"是啊。虽说石黑亮太是他的亲生儿子,但正臣应该觉得石黑亮太很讨厌。不过话虽如此,他也不至于杀人吧。"

"很遗憾,在这个人心惶惶的社会里,杀孩子杀父母绝不是什么稀罕事。"

影山带着难过的表情叹了口气。"比方说大小姐的父亲,宝生清太郎老爷也暗中提防着大小姐,担心自己没有明天呢——呵呵。"

"'呵呵'你个头啦,不要胡说八道!"

丽子迅速从椅子上起身,提出强烈抗议。不过丽子仔细一想,意识到父亲清太郎和她的确很少见面了。虽然表面上看来,没机会碰面是因为彼此都很忙，但是，说不定两人的感情正不知不觉地恶化……

不过也罢。宝生父女关系的危机也不是从今天才开始的。丽子把父亲搁在一边，再度说起案件：

"可是不对哦，影山。就算神崎正臣视石黑亮太为恼人的大麻烦，他也不可能是犯人。因为他在案发当晚有不在场证明啊。"

"原来如此，"影山伫立在高耸的樱花树旁冷静地点了点头，"案发当晚的七点到九点之间，神崎正臣找了朋友到自家开烤肉大会，所以他不可能杀害石黑亮太。大小姐，您的意思是这样吧？"

"没错，你很清楚嘛，影山。"丽子走到管家身边。

"恕我冒昧，大小姐，"影山做了这段惯常的开场白后，便从眼镜底下怜悯地看着丽子，"大小姐似乎看不清事实。"

啊？丽子疑惑地歪着头。管家见丽子如此，用手指扶着镜框接着说道：

"我还以为，大小姐就只有眼睛比我好，看来我误会了。居然连摆在眼前的提示都没有发现……我真是从心底对大小姐感到心灰意冷。"

咚！高大的樱花树忽然发出巨响，丽子感觉额头一阵剧痛。樱花花瓣纷飞飘落。丽子过了几秒钟才意识到自己的头撞上了樱花树。

我怎么会——不，原因很清楚了，是影山冷不防脱口而出的恶言恶语所致。丽子过于震惊，脚下不稳，才会一头撞上樱花树树干。管家必须恪尽职守,然而这位问题管家却抬头仰望散落的樱花花瓣。

"哎呀,好漂亮的樱吹雪呢。也请大小姐看看。"

管家好像什么都没发生似的,仿佛没看到蹲在樱花树底下的大小姐。

"影山——"丽子火冒三丈,站起身子,恶狠狠地瞪着恶毒管家,"你可真是好大的狗胆啊,大小姐头撞到樱花树树干痛得不得了,你居然还有闲情逸致赏花。你才让我感到心灰意冷呢。"

"不……不,我只是……"影山面露畏惧之色。

"不用解释了!"丽子把脸逼近影山的脸,"话说回来,什么叫作'只有眼睛比你好'啊!不光只有眼睛,我的脸蛋、脑袋,还有纯洁的心都还算不错啦!"

"原来如此,您说得是。既然如此,我应该说只有眼睛比我差才对。"

"眼睛也不差!在五官之中,我对眼睛最有自信了!"

"是这样吗?"影山惶恐地低下了头,"可是令大小姐自豪的双眼似乎没看到真相。提示明明近在眼前。"

"近在眼前是什么意思啊?"丽子机械性地指向眼前,"是指影山吗?"

"不,很遗憾,我并不是提示。"

"我才不觉得遗憾呢。"

丽子猛力扭过头去,看着矗立在旁边的巨大樱花树。她引发的樱吹雪已然平息,周围恢复平静。

然后丽子突然意识到，自己的眼前是樱花树。这么说起来，神崎家也有樱花树——

"提示是樱花树？的确，案发当晚神崎家举办了烤肉兼赏花大会。不过，这件事跟案件有什么关系吗？"

"不，跟案件有关的不是那里的樱花树，而是神崎家后院里，也就是大小姐和警部两位巡逻车旁边的樱花树。"

"后院里的确也有樱花树。可是那又怎么样呢？我倒觉得后院的樱花树跟事件更没关系。"

"不，有很重要的关系。"

影山自信满满地断言："我听完大小姐的描述后，对一件事感到很纳闷。那就是大小姐将巡逻车停到后院时的情况。那里有三棵大樱花树，底下停放着黑色奔驰与黄色小型汽车。是这样吧？"

"嗯，是啊。"

"那两辆车的车顶跟引擎盖都积了厚厚一层樱花花瓣。"

"没错。有什么问题吗？"

"问题可大了。这点非常奇怪。"

是吗？丽子疑惑地歪着头。影山严肃地看着丽子。

"大小姐，请您仔细想想神崎佐和子的证词。今早她发现酱油用完了，于是连忙驱车前往便利店购物。她使用的是全黑的奔驰，还是黄色小型汽车？这点我猜不出来……"

"当然猜得出来啊！肯定是黄色小型汽车嘛。家庭主妇才不会开着全黑的奔驰到便利店呢！"

"这个嘛，我想大概也是这样。"

影山依旧一副把丽子当傻瓜看的样子。"那么，就以驾驶的是黄色小型汽车来进行推理吧。神崎佐和子今早坐上小型汽车，前往便利店购物。此时堆积在车上的樱花花瓣应该全部被风刮走，所以车顶与引擎盖应该很干净。"

"这……这个嘛，的确，应该是这样……"

"可是今天下午，大小姐和警部前往神崎家后院时，停在那里的却是覆盖着粉红色樱花花瓣的小型汽车。这不是很不自然吗？虽说现在是樱花凋零的季节，但樱花花瓣会在短短几小时内就堆积出那么厚一层吗？"

"这……说不定真的会哦。比方说有谁像我一样头撞上樱花树树干，导致大量樱花花瓣瞬间散落……"

"原来如此。这是有可能的事情。"

不知道是认真的还是开玩笑的，影山咧嘴一笑。"不过，如果短时间内有大量樱花飘落，在同一地点停放更久——恐怕从前天晚上就一直停在那里的黑色奔驰车上应该会堆积更多樱花花瓣。可是从大小姐的描述来看，我不认为两辆车有那么大的差距。"

"的确如此。黄色小型汽车跟黑色奔驰上堆积的樱花花瓣数量大同小异——所以这是怎么一回事呢？"

丽子盘起双手思考。其中一个可能性是"佐和子说谎"。她嘴上说开车去了便利店，实际上却没有开车吗？这样的话，小型汽车上的花瓣就不会被风刮走了。可如果黄色小型汽车跟旁边的奔驰一样没被用过，樱花花瓣的堆积程度也应该一样。可是——

"佐和子说谎的可能性无须去考虑。"

影山抢先一步全盘否定丽子的想法："这是因为佐和子是否驾车去购物可以通过便利店店员的证词，或是监视录像加以确认。佐和子不可能撒这么容易被拆穿的谎，而且她也没有说谎的理由。"

"是啊。我也正准备这么说呢。"

嗯？这种剽窃他人推理的感觉跟某人好像……风祭警部？讨厌，我做了跟风祭警部同样的事情？丽子尽管对自己无意之间说的话感到羞愧，但装出平静的样子接着说：

"如果佐和子没有说谎，那又是怎么回事呢？这样无法解决两辆车上花瓣堆积数量一样这个矛盾哦。"

"不，还有另一个合理的说法可以解决这个矛盾，"影山在丽子面前竖起一根手指，"也就是佐和子用完车后，有谁偷偷接近车子，然后故意把樱花花瓣放在干净的车顶跟引擎盖上——也有可能有人耍这种小伎俩。"

"故意放上樱花花瓣？究竟为什么要做这种事情啊？"

"您不明白吗？这是一种掩饰工作。"

"这——这种事情我当然知道啊，"原来如此，是掩饰工作啊，丽子下意识地不懂装懂，"我是问要掩饰什么。"

"我失礼了。"影山为自己的无礼道歉后，便莞尔一笑。

"车子一旦开动，车体上的花瓣就会全部吹散。相反，若是车子继续停在那个地方，花瓣便会越积越多。按照这种逻辑，这个伪装应是为了营造出'车子并未开过'的错觉。"

"营造出车子并未开过的错觉……这话是什么意思？"

"简单来说，看到车顶上堆积大量花瓣的车子时，大多数人通常都会想到'啊啊，这辆车很久之前就停在樱花树下了'。相反，如果车顶上没有花瓣的话，人们就会想'最近有谁乘着这辆车去哪里了'。后一种情况对凶手很不利。凶手不想让任何人知道自己曾经偷偷开着那辆小型汽车出门这件事，尤其不能让警察知道。所以凶手在警察找上门之前，故意亲手将花瓣放在小型汽车的车顶上——"

"等……等一下！"丽子忍不住打断影山的推理，"总觉得……听得一头雾水……你说的凶手是什么凶手啊？"

"当然就是杀害石黑亮太的凶手。"

"对啊，就是说嘛。这我知道。凶手很有可能是神崎家的人，而这个凶手想要隐匿偷偷用过车的事实，也是可以理解的——可是我不懂，这个凶手为什么会觉得需要做这种伪装呢？就算车上没有花瓣也不成问题啊。因为今早佐和子用过车子了——啊，对了！"

丽子不由得大叫。影山见状满意地点了点头。

"看来您终于明白了，大小姐。的确，如同大小姐所言，这个伪装是没有意义的。就算车上没有花瓣，那也可以用'因为佐和子今天早上开过车'来解释。可是凶手却想不到这个解释。因为，这位凶手不知道今天早上佐和子开车去便利店的事。而这样的人，在神崎家中只有一个——"

然后影山以平静的语气道出那毫无疑问的名字：

"那就是长男佑次。他早上睡过了头，不知道今天早上佐和子做了什么。是的，他正是杀害石黑亮太的真凶——"

凶手是神崎佑次——影山说。的确，最有可能把樱花花瓣放在车上的人就是他。不过，可以就此断言放花瓣的人就一定是杀害石黑亮太的凶手吗？总觉得这样有点不合逻辑。

"神崎佑次根本不可能杀害石黑亮太哦。佑次就算再怎么开快车疾驶，要在国立市的公寓杀了他，将尸体弃置在多摩川的堤道上，然后再回到成城的宅邸，都得花上两个小时左右的时间。可是当天晚上七点到九点之间，在成城的宅邸里，佑次曾屡次在受邀参加烤肉大会的客人面前现身。也就是说，佑次有不在场证明——这点要怎么解释呢？"

"啊啊，大小姐，这正是凶手的企图。"

影山遗憾地摇了摇头。"风祭警部也说过，只要有一桶水就能让人溺死。即便那个水桶不在石黑的公寓，而是在成城的神崎家，那也没什么好不可思议的，不是吗？"

"咦？"丽子不由得语塞，"这么说来，实际的犯案现场是神崎家喽？那么出现在石黑公寓里的水藻是怎么回事呢？"

"那也是凶手神崎佑次做的掩饰工作。"

影山意料外的解释让丽子沉默下来。影山开始有条理地对她说明：

"昨天晚上，在神崎家的院子里举办烤肉大会时，神崎佑次人在家。可是同一时间，石黑亮太也在那里。佑次大概把石黑灌得酩酊大醉吧。然后他将石黑的脸浸到水桶里将他溺毙。也就是说，实际的犯案现场应该在神崎家，恐怕就是佑次的房间。"

"那是昨晚七点到九点之间发生的事情吧？那么，把溺死的尸体丢到多摩川的堤道上是什么时候呢？"

"应该是神崎家的人都熟睡了的深夜时分吧。当然，要搬运尸体的话，肯定要用车子。他使用的就是那辆黄色小型汽车。佑次将尸体搬上车后，便悄悄地从神崎家出发。不久，他抵达多摩川的堤道，将尸体弃置在那里。"

"等一下。为什么佑次要做出将尸体弃置在堤道上这种不上不下的行为呢？他既然都大费周章把尸体搬到那里，丢进河里不就好了吗？如此一来或许就能伪装成自杀或意外落水了呢。"

"佑次一开始恐怕真是这么计划的。不过，最后佑次却放弃了这个计划。为什么呢？大小姐是警官，您应该知道吧？尸体这种东西，远比想象中笨重，不易搬运。"

"啊啊，原来是这样啊……"丽子瞬间理解了凶手的心情。

的确，尸体很重又不易搬运。电视剧里的杀人犯，总是轻而易举地抱着尸体移动，可是现实世界中，没有相当大的力气的人是办不到的。

"神崎佑次大概也费了好一番功夫，才勉强把尸体搬进车里吧。可是见到多摩川宽广的河岸时，他不得不放弃当初的计划。因为实在不可能把尸体搬到河边那么远的地方。这时，他执行了B计划。"

"B计划？"

"是的。这方法极为简单。佑次用塑料瓶或是什么容器汲取多摩川的河水，带着河水到石黑位于国立市的公寓。然后佑次将塑料瓶内的水洒在浴室里，将那个浴室伪装成杀人现场。"

"原来如此。一切都发生在国立市的公寓与多摩川附近——佑次只要能够让警察这么想，就不会被列为调查对象。案发当时他在相隔遥远的成城家里，这个不在场证明是成立的。佑次是这么想的吧？"

"正是如此。"

影山沉稳地行了一礼。"尽管有些变动，神崎佑次还是勉强完成了犯罪计划。他开车回到神崎邸，爬上自己的床睡着了。他因为深夜从事重体力劳动，第二天早上睡过头也非常合理。不过具有讽刺意义的是，这点却导致他失策了。"

"你是说他睡觉时佐和子开小型汽车外出购物吧？"

"是的。佑次看到车顶跟引擎盖都干干净净的小型汽车，八成大吃了一惊吧。他贸然推论，因为自己深夜开了那辆车，堆积的樱花才会被风吹得一干二净。绝不能让警察从这辆车上看出端倪。于是他做出错误的伪装，亲手将樱花花瓣放在车上。"

"所以奔驰跟小型汽车才会有矛盾——佑次无疑是在自找麻烦。"

"您说得对，大小姐。"

影山说完事件的真相后，在丽子面前恭敬地低下头。

丽子虽然很有大小姐风范地表现出冷静的态度，心中却再度为管家的慧眼独具咋舌赞叹。

当然，并未完全解决。要逮捕神崎佑次，还需要铁证。不，在那之前，得先面对那个欠缺理解力又难以说服的上司。丽子刑警身为新人，接下来的工作更加繁重。

但那是明天的事情了。此时此刻，她只想尽情观赏今宵凋零的樱花。于是丽子再次在椅子上坐下，并将高脚杯放到桌上。

"可以再帮我倒一杯吗？"

丽子装模作样，影山动作流畅地倒入瓶装白葡萄酒。

"请您不要喝醉了，把我推进池子里哦——"

忠诚的管家对丽子露出温和的微笑。

第三部　来自怪盗的挑战书

1

晚上，宝生丽子结束了一天繁忙的工作，平安返回宝生邸。

丽子脱下工作时穿的裤装，换上轻柔飘逸、大小姐味十足的连身洋装，随即坐到餐桌旁。今晚她要吃令人眼睛一亮的顶级法式料理。负责伺候用餐的管家影山一身西装打扮，从银框眼镜底下期待地看着丽子，同时将红酒倒入高脚杯内。

"大小姐，最近有没有什么有趣的案件……"

不过丽子却冷漠地回答"没有"，泼了影山一头冷水。

"五月没有发生什么像样的案件。虽然国立市警署辖区内平均每个月会发生一起离奇案件，可是很遗憾，这个月似乎什么都没发生呢。"

用"很遗憾"来形容好像不太合适？好像期待着案件发生一样。丽子一边心想，一边喝着高脚杯内的红酒，然后丢下这么一句话："你有什么不满吗？"

"不，小的岂敢。没有案件发生真是再好不过了。"

影山虽然嘴上回答得无懈可击，表情却显得有些不太满足。因为这个名叫影山的男人，其实最喜欢打探警察应付不来的离奇案件。过去他屡次通过丽子取得案件的信息，并以超常的推理能力引导事件顺利解决,让大小姐颜面扫地,但成绩斐然。虽然他是个恶劣的管家,但若是没有了离奇案件,他的推理能力就无用武之地了。所以他此刻一脸无精打采。

"对了,有几封大小姐的信件。不过,其中大半是把大小姐当肥羊的名牌店广告传单或付款单之类的。"

"是吗?那些就由你随便处理一下吧。"

丽子停止用餐,斜眼轻睨了管家一下。"话说回来,刚才有动物跑过去吗?比方说羊之类的。"

"不,大小姐,今晚的主餐不是羊肉,而是烤鹿肉佐罗勒酱汁。"

主菜的盘子随即送到桌上。丽子被烤得恰到好处的肉香夺去心神,有好一会儿都忘了肥羊的事情,专心地大口享用鹿肉料理。不久,甜点送上桌时,影山才像是突然想到似的再度提起信件的事。

"话说回来,寄给大小姐的信件中,有两封寄件人不明,您要看吗?"

"咦,寄件人不明?真令人好奇。给我看看。"

影山将两个信封放到丽子伸出的右手上。那是薄薄的西式蓝色信封。两封信的收件人都写着"宝生丽子小姐",可是上面没有寄件人姓名。邮票贴足了,盖着立川邮局的邮戳。

"哦——这信封挺漂亮的嘛。难不成是丽子的粉丝信吗?"

"大小姐,您是从哪里冒出这种想法的?"

"少啰唆!"丽子面露不悦之色,"反正我只不过是巨大复合企业'宝生集团'总帅的千金罢了。"

"请不要这样贬低自己，大小姐。大小姐绝非区区的富豪千金。您不是任职国立市警署刑事科的杰出地方公务员吗？"

"说的也是。"丽子接受影山奇妙的说辞，恢复自信。

"总之，既然收件人是我，那应该可以打开吧——影山，拆开来看看。"

"遵命。"影山恭敬地行了一礼，慎重地打开递过来的一个信封。

里面只有一张白色信纸。影山将空信封倒过来晃动几下，然后对丽子露出温柔的笑容。"请您放心，大小姐。里面似乎没有放剃刀呢。"

"怎么可能会放那种东西啊！算了，把那张信纸拿来！"

丽子从管家手中抢过信纸，大声念出印在上面的简短内容：

"嗯，这是什么——'明天子夜零点，我将前往领受沉睡在宝生家的珍宝'金之猪'，还请多加小心。传奇怪盗敬上。'——什么玩意儿啊！"

丽子从椅子上滑下来，随即站起身子，将信纸用力拍到桌上。

"喂，影山！这是哪门子的粉丝信啊！"

"我从来都没有说过那是粉丝信哦……"

影山面无表情地拾起信纸，视线快速扫过信上的字。

"唔，这好像是犯罪预告书。传奇怪盗先生似乎打算对宝生家下手。"

"不用对小偷毕恭毕敬啦！"

丽子严厉训斥过影山后，才因为耻辱与恐惧而嘴唇颤抖。

"怪……传奇怪盗……"

"大小姐，您知道这个人吗？"

"不，我是第一次听到！"丽子用力摇了摇头，"虽然名字很有那种风格，但我仔细一想，根本就没听过这个名字。鲁邦啦、露比啦、基德之类的我倒是知道——传奇怪盗是谁啊？"

"这个嘛，您这么问我，我也……"

影山耸了耸肩。"一定是最近才开始活动的新怪盗吧。从宝生家盗取珍宝后，在小偷界里肯定会闯出名声。所以怪盗才盯上了'金之猪'——会不会是这样呢？"

"原来如此。说到'金之猪'，爸爸的收藏品中是有这个东西。我记得那是名叫高森铁斋的知名雕刻家的作品。高森铁斋的作品，在他死后评价好像突然迅速上升，听说现在'金之猪'价值高达数百万元呢。"

"数百万元吗？"影山感到意外似的歪着头，"这确实是个相当庞大的数字，可是盗贼对宝生家下挑战书，这个目标也太小了。难不成是假冒怪盗之名的恶作剧？"

"不可否认，也有这种可能性，不过我们总不能视若无睹吧。毕竟对方已经预告说明天子夜零点要来行窃了——嗯？等一下。"

丽子突然抬头仰望墙壁上的时钟。时间是晚上八点。丽子开口提出一个简单的问题：

"明天子夜零点是指从现在起四小时之后吗？因为四小时后的子夜零点就已经是明天了吧。"

"不，再怎么说，四个小时后也太……这种情况通常是指隔了一晚的明天子夜零点。也就是从现在起二十八小时之后吧。"

"不过严格说来，你说的那个子夜零点，已经是后天了吧？"

"是这样。"影山困惑地皱起眉头看着预告书，然后他说出差点被遗忘的一件事：

"还有另一封信呢。"

影山打开桌上的另一封信，摊开信纸。

"我要念了——'慎重起见，我先声明，刚才预告书里写的'明天子夜零点'不是指今天深夜，而是明天子夜零点。严格说来就是后天，不过有常识的人不会搞错吧？传奇怪盗敬上。'"

影山将信纸交给丽子。"这位怪盗相当细心呢。"

"与其说细心，倒不如说脑袋不太好吧。他应该一开始就定在晚上十一点到子夜一点，那样我就不会搞混了……"

"哎呀，所谓怪盗大多在子夜零点现身哦。"

影山这么断言后，将指尖贴在银框眼镜上。"无论如何，既然他不厌其烦地再三预告了，应该不是小孩子的恶作剧吧。明天子夜零点传奇怪盗势必会现身这座宅邸。大小姐，您意下如何？"

"意下如何——什么意下如何？"

"要报警吗？"

"报警？"丽子尖声怪叫，"不行不行不行不行！要是报警，我是宝生家独生女的事情就会曝光了。到时候我会很难在国立市警署待下去。"

"嗯，大小姐想一直以风祭警部的部下的身份工作——我很明白大小姐的这种心情。"

"你根本就不明白，白痴！"丽子把手中的信纸摔向管家的脸，"总之，不可以拜托警察。尤其是国立市警署，叫来根本是浪费税金。"

影山用双手剥下脸上的信纸。

"既然大小姐都这么说了，那肯定就是这样。"

然后他若无其事地点了点头。"可是大小姐，不报警的话，您打算怎么对付传奇怪盗呢？"

"这个嘛，总之先问问看爸爸的想法吧。现在他人应该在巴黎出差。"

影山立刻掏出手机，拨打国际长途到巴黎。不久，电话另一头传来丽子的父亲——宝生清太郎呼唤女儿的声音。丽子接过影山的手机，战战兢兢地贴在耳朵上。

"啊，爸爸，其实我打电话给您是因为有些事情想跟您商量……不，不是因为有了喜欢的人……话说回来，世界上有哪个女儿会特地打国际电话跟地球另一头的父亲倾诉恋爱烦恼啊……不是这样的，其实是家里收到了小偷的犯罪预告……对，目标是'金之猪'……咦？想要送给他？不，这怎么可以……咦，什么？您说谁……咦？我们家的专属……不，我不认识……嗯，好的，我会这么做的……"

丽子一结束通话，影山立刻发问："老爷怎么说呢？"

"爸爸说'现在就找那个男人过来'。"

"那个男人？"影山讶异地歪着头，"'那个男人'，是指风——"

"不对!"丽子迅速纠正管家的误会,"不是风祭警部,是个名叫御神本光一的人。这种时候最适合找那个人过来,爸爸是这么说的。"

"御神本光一?没听过这个名字呢,这个人是谁啊?"

"我也不知道,"丽子原原本本地转述父亲刚才说的话,"御神本光一是宝生家的'专属私家侦探'。"

2

一般有钱人家必定会有专属医生和律师顾问,但宝生家似乎还有个"专属私家侦探"。这件事丽子也是到现在才首次听说。

这位私家侦探带着一位年轻女性现身宝生邸是在隔天中午,也就是距离预告犯案的子夜零点还有十二小时的时候。

丽子与影山将御神本迎进玄关大厅。御神本是个三十几岁的年轻男性,身穿窄管长裤,黑白点状图案外套。头上戴着鸭舌帽,底下露出棕色长发。晒黑的脸庞十分端正,可是却散发出游手好闲之人的气质。他并未戴着耳环登场,但仔细一看,耳垂上打了两个耳朵眼。

御神本将手贴在胸前,优雅地对宝生家千金低下了头。

"哎呀,这不是大小姐吗?劳烦您特地出来迎接,真是惶恐至极。您好,我是'御神本侦探事务所'第三代所长,御神本光一。请多多指教。"

侦探仿佛西方绅士般单膝跪在丽子面前,冷不防托起她的右手准备亲吻。可是丽子却毫不犹疑地紧握右手,往前一挥,作为初次见面的招呼。结果，侦探的鼻头和千金大小姐的拳头火热地亲吻了一下。

"啊啊，大小姐……"管家在丽子背后叹着气垂下眼帘。

侦探嘶嘶地吸着流出的鼻血，仿佛什么事情都没发生过似的站起身子。

"事不宜迟，大小姐，听说自称传奇怪盗的人送来犯罪预告书？哎呀，这真是令人不快。胆敢觊觎举世闻名的宝生家的宝贝，想不到世上竟有如此不自量力之人。不过，传奇怪盗恐怕不知道吧？对宝生家下挑战书，就等于是对三代都侍奉宝生家的'御神本侦探事务所'下挑战书。请您放心，大小姐。只要鄙人御神本光一出马，不管是怪盗还是怪兽，都碰不了宝生家的宝贝一根指头……那个，大小姐，怎么了？我的外套有那么稀奇吗？居然还用手机拍照。"

奇怪，我搞错了吗？丽子单手握着手机，歪头望向影山。

管家仿佛说"不对哦"似的缓缓摇了摇头。这时，站在侦探背后的年轻女性轻咳一声，委婉地指出丽子的误解。

"那个，丽子小姐，御神本所长的这个只是有点奇怪的点状花纹，不是二维码。所以就算再怎么用手机拍照，也连不到网上去。"

"什么嘛，原来不是啊。"丽子恍然大悟地收起手机。虽然不能连上网站，但应该可以挖苦侦探的品位吧。"话说回来，你是？"

女性摆动着亮丽的黑发向丽子打招呼：

"不好意思，太晚做自我介绍了。我是'御神本侦探事务所'

的朝仓美和。"

"请多指教。"朝仓美和说着低下了头。她身穿朴素的灰色裤装和低跟皮鞋,却还是充分散发出女性的魅力。她完全就是一副侦探秘书或者情妇的样子。不过或许只是因为御神本明显是个轻浮的人,丽子才会对朝仓美和产生这种感觉也说不定。

"不说这个了,大小姐,"侦探将话题拉回来,"我想马上拜见传奇怪盗盯上的小'金猪'。小'金猪'在哪里呢?"

我想你是不是该说"金之猪"呢?

丽子一边想着,一边对守在旁边的管家下令:

"影山,带他们去摆放'金之猪'的书房。"

宽敞的宝生邸内,有着多到甚至让人谣传"数量每次数都不一样"的房间。

宝生清太郎的书房位于三楼一角。就书房来说是个相当大的房间。中央有张大桌子,墙边有柜子跟书架。房间内到处摆设着抽象画、精心设计的花瓶、看不懂的雕塑品等。整个书房看上去就好像不懂艺术的校长硬是逞能拼命装点的校长室吧。可以窥见书房主人的低劣嗜好,是间令人相当不舒服的书房。

"哎呀,这房间没有窗户呢。"一行人看过房间后,朝仓美和颇感意外地叫道。

"是啊,爸爸故意选择没有窗户的房间作为自己的书房,大概是不希望书架上的书被晒黄吧。"

"不,大小姐,不是这样的。"

影山立即否定丽子的臆测。"身为大富豪的老爷总是时时警惕，以防被谁从窗外狙击。老爷的书房没有窗户是因为这个。"

丽子窥见父亲清太郎意外的一面，不禁脸红起来。"爸爸也看太多《骷髅13》了吧！"

"这点我也有同感。——对了，'金之猪'就在那里。"

影山指向从中央桌子看过去右手边的墙壁。那里有个高及腰际的台座，"金之猪"伸着四只脚站在台座上的玻璃箱里。"金之猪"全长三十厘米，高二十厘米，十八K金制。说起来就是真实小猪的尺寸。

"哦哦，这只猪真是太棒了，好像随时都会跑起来呢。"

御神本注视着玻璃箱大力表示赞赏。

"不愧是出自日本代表性的雕刻家高森铁斋之手的杰作，很适合装饰在宝生清太郎先生的书房里。"

这世界上存在适合用来装饰书房的猪吗？丽子心想。

"哎呀，所长，那边也有猪的雕像。"朝仓美和指向反方向的墙边。

御神本听了助手的话，走近那面墙壁。隔着桌子正好是和"金之猪"相对的位置，也有同样的台座与玻璃箱，箱里有个猪的雕像，是闪烁着银色光辉的猪。如果那边那个是"金之猪"，这边这个当然要叫"银之猪"吧。

"哦，这只'银之猪'也是高森铁斋的作品吗？"御神本探头注视着玻璃箱轻声说，"不过看起来做得不太好呢。造型感觉好像蚊香猪——用来挂蚊香的陶制小猪啊。"

御神本下了一个高森铁斋听到会勃然大怒的辛辣评价。不过丽子也有同感。跟"金之猪"比起来,"银之猪"显得逊色不少。这不是素材问题,而是做工问题。"银之猪"表面光滑,确实也很美,可是猪的细节却表现不佳。"金之猪"带有仿佛随时都要跑起来般的跃动感,相较之下,"银之猪"却只给人一种不过是银色摆设的印象。不过,比喻成挂蚊香的器具也太失礼了。

御神本离开"银之猪"的箱子,再度往"金之猪"走去。

"总之,现在'银之猪'怎么样都无所谓。传奇怪盗盯上的只是'金之猪'而已,我们应该把注意力集中在这边才对——对了,大小姐,可以请您打开这个玻璃箱吗?慎重起见,我想确认一下'金之猪'。"

"难道已经被替换成赝品了吗?"

"这是有可能的事情,我认为有必要确认。"

"我知道了,"丽子同意后,便对身旁的管家下令,"影山,把箱子打开。"

"遵命。"影山从口袋里掏出钥匙串,用其中一把钥匙打开箱子的锁。箱子一打开,御神本立刻大剌剌地伸进双手取出"金之猪"。御神本以抱着宠物迷你猪般的姿势抱着黄金小猪雕像。

"哦,不愧是十八K金,这只小猪可真沉。传奇怪盗抱着这种东西要怎么逃跑呢——"

御神本歪着头思索一会儿后,将黄金小猪雕像再度收进箱中。影山随即为箱子上锁。然后丽子再度询问侦探:

"话说回来,御神本先生,你打算用什么方式阻止传奇怪盗入侵呢？"

"没什么，我不打算做大张旗鼓的事情。"

御神本在房间中央大大展开双手。"总之，今天一整个晚上我们坐守这间书房，一直监视着'金之猪'。"

"就这样？"丽子露出不满的表情问道，"不在宅邸里部署警卫吗？比如开直升机从空中监视，或者在庭院里放几十条警犬——这些都不做吗？或者，在这间书房设下红外线警报装置，一旦侦测到入侵者，机关枪自动将其打成蜂窝之类的……"

影山轻咳一声，打断丽子夸张的妄想："大小姐，您想为了保护不过数百万的艺术品就让这座宅邸闹出人命吗？"

这方法的确不实际，代价也太高。

"管家先生说得没错，大小姐。在这类案例中，很多人过度提防小偷，以至于在屋里到处部署警卫。这么做大概是可以放心啦。不过，这却是天大的误会，正好称了小偷的意。散布屋内的人员对小偷来说是绝佳的隐蔽。小偷可以轻易混进人群之中，轻松将宝物拿到手，然后优哉游哉地离去——这是很典型的案例。"

"哦——的确，你说的或许也有道理。"

"嗯，就是说啊。我们要做的不是在宅邸内配置大量人力，而是将有限的人员聚集在一处。当然，必须是绝对可以信任的精锐。没错，这个宽敞的房间大概只要五个人就够了。"

"五个人……"丽子用眼睛点起书房内的人头，"所以是我、侦探、助手、管家，还少一个人。"

"请等一下，大小姐。我有个问题想请教您。"

侦探笔直地指向丽子背后："那个男人真的可以信任吗？"

御神本指着随侍在丽子身旁的管家。当然，丽子马上反驳。

"你是在怀疑影山吗？别傻了，影山没问题的……他是我绝对可以信任的管家……不，虽然不是绝对，但也还勉勉强强……这个嘛，他也不是没有可疑的地方啦……应该说可疑得不得了……总……总之，我们要相信他啊……影山，对吧？"

管家看着面露僵硬微笑的丽子，心灰意冷地叹了口气。

"我太失望了，大小姐。鄙人影山明明诚心诚意地侍奉宝生家……没想到评价却如此之低。"

"没——没办法啊！谁叫你经常背叛我，而且还时常欺骗我，老是把我当白痴耍——说起来还是不够忠诚。"

御神本听了丽子跟影山无意义的争论后，做出了决定。

"我明白了，请管家退出吧。我会再另外安排两名绝对可以信赖的部下。我跟朝仓以及两名部下，还有大小姐，今晚就由这五人来监视'金之猪'。这样可以吧？"

丽子坦率地点头赞同侦探的提议："嗯，就这样吧。"

影山尽管面露不满的表情，还是回答："没办法，一切都是我自作自受。今晚我就一直待在后方支持大小姐吧。"

然后管家将玻璃箱的钥匙串递给丽子，恭敬地行了一礼。

"那么大小姐，请您尽情地大显身手，千万别扯了大家的后腿。"

你说谁会扯大家的后腿啊！

3

御神本侦探在天还亮着时，把两名西装打扮的男人叫到宝生邸。

其中一位叫大松，他是个肌肉发达、看起来臂力很强的彪形大汉。另一位男人身材中等，衣服穿得整整齐齐，名叫中园。大松跟中园是"御神本侦探事务所"的侦探中能力特别优秀的两人，所长御神本骄傲地挺起胸膛担保。因为不知道私家侦探的优劣是用什么来判断，丽子只能点头附和。

用过晚餐后，丽子与御神本侦探事务所的四人在晚间九点前往书房。

"与其五个人都窝在书房里，让一个人站在门外不是更好吗？"

御神本听了丽子的提议，夸张地展开双手。

"这点子很棒。不过，我如果是传奇怪盗，应该会先解决在门外站哨的人吧，然后抢走他的衣服，乔装成那个人，大叫：'传奇怪盗出现了！'我们连忙把门打开，在走廊上四下张望着说：'传奇怪盗在哪里？'这时，敌人已经打破书房的玻璃箱，伸手拿走了宝物——呼，这是很常见的情况哦，大小姐。"

这家伙真是让我不舒服！丽子内心涌现接近杀意的怒火，不过侦探的想法是合理的，她也无法当面反驳。

于是五人决定都留在书房里看守。

他们首先打开玻璃箱，再次确认"金之猪"一切正常。然后他们从书房内把门锁上，又挂上大大的门闩。

就这样，书房化为密室，五名精锐跟"金之猪"成了封装罐头。罐头的保存期限——不，隔绝状态——是至隔天日出为止。根据传奇怪盗的预告书，犯案时间应为子夜零点。不过，御神本对这点持怀疑态度。

"姑且不论十九世纪的巴黎如何，这里可是二十一世纪的国立市。'怪盗'未必都有'绅士'风度。'传奇'很有可能是个会任意毁约的狡猾小偷。我们在天还没亮之前，不该懈怠戒备。"

的确，御神本这点说得没错。不知道传奇怪盗什么时候会出现在这间书房，五人各自以不同的姿态等待子夜零点到来。

大松跟中园两人身着西装靠在墙壁上。朝仓美和坐在从别处拿来的椅子上。御神本晃动着点状花纹的外套下摆，在书房里悠悠地转来转去。丽子看了觉得十分刺眼。

晚上十一点左右，门后突然传来人的动静。是传奇怪盗吗？五人紧张起来。可是，门后传来的却是影山那熟悉的声音。

"大小姐，我想您大概觉得困了，所以送了咖啡过来。"

哎呀，挺机灵的嘛，丽子心想，把手伸向门闩。不过就在那一瞬间——

"不可以，大小姐！"御神本猛烈斥责着打断了丽子的行动，"门后未必是真正的管家，也有可能是传奇怪盗乔装的。"

"咦？啊，对哦，"丽子暂时停下伸出去的手，"那该怎么办呢？"

于是御神本把脸凑向房门，唐突地开口询问走廊上的男人："暗号。"

丽子仿佛看见影山愣住的表情。几秒钟后，影山回答御神本的问题："暗号什么的从一开始就不存在。"

御神本品味着这个答案深深地点了点头。"很好，回答正确！"

经过毫无意义的对答后，御神本似乎总算承认门后的人是货真价实的管家。不过即使如此，他还是不肯开门。

"你可别怪我哦。在所有人的咖啡里掺进安眠药，让所有人都在不知不觉间呼呼大睡——这也是常有的事情。"

"原来如此，您真是考虑周详，"门后传来影山毫无感情的声音，"不过，没有饮料不会很难挨吗？夜晚还很漫长呢。"

"当然，我并没有疏忽这一点。我们早就准备好咖啡了。而且绝对是安全的咖啡。我都说明白了，可以请你离开吗？你在那里的话，传奇怪盗就不会潜入书房吧。"

那不是再好也不过了吗？丽子老实地心想。

影山应该也是这么想的，但他却顺从地说："那么我先退下了。"然后他隔着门提出多余的忠告，"大小姐，您可别打瞌睡哦。"

我才不会打瞌睡呢！可是，丽子的嘟哝似乎并没传进管家的耳里。

御神本听着影山的脚步声远去，看了看手表确认时间。

"的确，那个管家说得没错，夜晚还很漫长。把自己绷得太紧也不好。边喝咖啡边等到子夜零点好了。朝仓，帮大家倒咖啡。"

朝仓美和便提起桌上的咖啡壶往五个纸杯里倒咖啡。五人立刻伸手拿杯子，各自将咖啡送到嘴边。不过，在准备喝自己的那杯咖啡的瞬间，丽子突然隐约感到不安。

五个人喝同一壶咖啡是不是不太好呢？如果这壶咖啡里掺有安眠药，那该怎么办？御神本担心的"所有人呼呼大睡"不就成真了吗？

丽子想到这里，摇了摇头。不，那是不可能的。毕竟这咖啡是丽子跟朝仓美和两人在宝生家的厨房里泡的。两人泡咖啡时御神本也在一旁。换句话说，如同御神本所言，壶里是绝对安全的咖啡，无论一人喝还是五人喝应该都没问题。

丽子说服自己后，慢慢喝下纸杯内的咖啡。

芬芳的香气与高雅的醇厚滋味，上好的咖啡放松了丽子紧张的身心。但紧接着，她被夺走了大约一个小时的记忆——

丽子被猛烈的敲门声吵醒，眼前是掉在地上的纸杯。丽子意识到自己倒在地上，她用迷糊的双眼确认手表的时间。

长针与短针都指着表面上的"12"。十二点——不，不对，是子夜零点！

丽子惊讶地撑起上半身。这时，男人急迫的口气和敲门声隔着门断断续续地传来："大小姐！请您回答我！"

是影山。丽子步履蹒跚地站起来环顾周遭。以御神本为首，侦探事务所众人的尸体躺在地上。不，是不是尸体还不知道。他们大概都跟丽子一样，只是被下药睡着了。总之，四名男女像是死了似的倒在地上。

猛烈的敲门声仍在持续。门内上了两道锁，从走廊那侧无法打开门，得把门锁打开才行——丽子拼了命地朝房门挪去。

"大小姐，大小姐！"门后传来影山焦急的声音，"真是的，这女人真是给人添麻烦……"

"你说谁是给人添麻烦的女人啊！"

"啊！大小姐，您在那里啊！真——真是太令人高兴了！"

"真的吗？"丽子想马上开门确认他的表情，"等一下，影山，我现在马上开门。"

丽子打开门闩，转开门把上的按钮。两道锁解除后，门便打开了。影山即刻冲进房内，确认丽子平安无事。

"我好担心啊，您没事真是太好了。"

然后影山露出发自心底的安心表情。以管家来说，这反应姑且合格。

"因为已经到了所谓的子夜零点，我想过来看看情况……"

影山瞥了书房内的情况一眼后，似乎就已经掌握形势了。"嗯，咖啡里被掺了安眠药啊。喝下咖啡的五人全都陷入昏睡，那么'金之猪'怎么样了呢？"

"啊，对了。"重点是这个。丽子慌慌张张地冲向玻璃箱。

不过箱子没有任何问题。玻璃表面毫发无伤，收在其中的"金之猪"也跟以前一样原封未动。丽子放心地叹了口气。

"太好了，'金之猪'好像平安无事呢。"

"是。的确，'金之猪'或许平安无事吧……"

然后影山目光锐利地看向对面墙边，那里有另一个玻璃箱。丽子望向那里的瞬间，也察觉出异状。玻璃箱是打开的，透明玻璃箱里的东西不见了。丽子忍不住大叫：

"啊啊，'银之猪'不见了！传奇怪盗那个骗子！"

丽子看着空无一物的玻璃箱，因屈辱与愤怒而猛跺脚。

影山把倒在地上的四名男女都叫了起来。药效似乎已经退了。以御神本为首的四人倏地爬起来，带着睡迷糊了的表情面面相觑。

"奇怪……""发生什么事情了……""我们睡着了吗……""觉得头好晕……"

不久，四人完全恢复意识，总算明白了现在的状况时——

（哈、哈哈、哈哈哈、哈哈哈哈、哈哈哈哈哈……）

由无数个"哈"构成的可怕笑声响彻书房。到底是谁？在哪里笑呢？奇怪的声音听起来仿佛来自深幽的洞穴底部。

（"银之猪"就由我传奇怪盗收下了。真是遗憾啊，各位。）

"这毛贼在胡说什么啊？"御神本对着看不见的敌人叫道，"应该觉得遗憾的是你吧。你盯上的'金之猪'还好端端地在这里呢。活该！"

御神本毫不怀疑地夸耀胜利时，朝仓美和委婉地低声说：

"不对哦，所长。恐怕从一开始传奇怪盗的目标就是'银之猪'吧。我们着了他的道了。"

"咦，是这样吗？可恶！"御神本仿佛现在才察觉到似的屈辱地大喊，"喂，传奇怪盗！你做的事情跟预告书不一样啊，说谎的小孩长大会做贼哦。"

怪盗听了侦探宛如小学生的话，认真予以驳斥。

（不该对小偷说这种话吧。小偷本来就会说谎。）

"原来如此，你果然没有绅士风度啊。"御神本带着莫名赞同的表情点了点头。

丽子轻声告诉身旁的管家自己感受到的诡异。"奇怪，为什么这两人之间能够对话呢？为什么呢？"

"是通风口。两人正通过设置在天花板后面的管道对话。"

"那么管道另一端通往哪里呢？"

"恐怕是屋顶吧——"

丽子还没听完影山说的话就大叫一声："走喽，影山。"然后冲出去。"传奇怪盗在屋顶上！"

丽子与影山同时跑出书房。侦探事务所的四个人也赶紧追上来。六名男女奔上阶梯，朝前方的屋顶前进——

宝生邸屋顶是平坦的长方形，大到能建好几座网球场，可是并未加以利用。虽然有直升机紧急停机坪，但至今为止，从未发生过需要把直升机叫来这座宅邸的紧急事态。

六名男女接连抵达屋顶。首先是丽子和影山、御神本侦探和助手朝仓美和，最后是侦探寄予信任的部下，大松和中园。他们借助满月的月光和手电筒的灯光，寻找传奇怪盗的身影。御神本尖叫一声，将灯光照向屋顶一角。

"找到了，就是他！"

侦探指着远处的一个人影。漆黑的身影手叉着腰伫立在屋顶边缘。此人戴着白色面具，无法看出表情为何，但从体格可以看得出是男性。男人背上背着一个奇怪的东西。丽子凝神注视着，男人发出了独特的哄笑声。

"哈、哈哈、哈哈哈、哈哈哈哈、哈哈哈哈哈……"

丽子听到与之前在书房里相同的笑声，不禁紧张起来。在丽子身旁的影山摆出戒备姿势。这时，面具男傲然地高高举起右手。他紧抓在手中的是小猪摆饰，小猪反射出银色的月光。男人以嘲弄的语气再度宣告：

"如同各位所见，'银之猪'由我传奇怪盗接手了。'金之猪'等下次有机会再来领受。在那之前，暂时交给你们保管吧。"

"别傻了！怎么可能还会有下次，"御神本强硬地断言，"传奇怪盗，你已经无处可逃了，乖乖降服在名侦探御神本光一的脚下吧。"

"哼，居然自称名侦探，还真是不要脸啊。既然如此，你就试着亲手逮捕我好了。"

"不用你说我也会这么做！"

侦探对在他背后待命的两人叫道："大松、中园，准备好了吧？"

两名部下已经脱去西装外套，准备穿着衬衫迎战。

"要上喽！"御神本率领两名部下猛地拔腿狂奔，"呜哦哦哦哦哦哦——"

穿着外套的御神本与穿衬衫打扮的两名部下，三个男人以正三角阵形朝位于远方的敌人猛冲。

这时，一阵马达声突然响起，盖过侦探的叫声。紧接着，头戴面具的敌人也大叫着朝御神本跑过去。"呀啊啊啊啊——"

双方距离转眼间拉近。此时，巨大的白色物体宛如墙壁一般在男人背后延展开来。难道"妖怪水泥墙"此时登场了吗？丽子忍不住瞪大眼睛。不过，丽子误以为是妖怪的白色巨墙，真面目其实是以黑夜为背景展开的巨大降落伞。马达声似乎是男人背上的大型螺旋桨发出的运转声。那是动力飞行伞！丽子察觉到这点时，男人的双脚已经蹬离地面。

侦探对这个采用这种手段逃走的敌人无谓地大叫：

"可恶，你逃不掉的，传奇怪盗。"

他拼命地上下跳跃。"把'银之猪'还来！"

面具男却像是玩弄侦探似的，轻轻挥动右脚。他的鞋尖宛如事先算计好的一般，命中侦探的脸。"咿！"侦探口出怪声，整个人背部朝下重重跌在屋顶上。"呜哦！"御神本大声哀号。助手朝仓美和失望地叹着气垂下眼帘看了看那难堪至极的画面，"啊啊，大师……"

大松与中园两人追赶着敌人，看都不看御神本一眼。不过男人背上的马达高速运转，仿佛嘲笑着他们的努力一般。"再会了，各位！"

男人的身体瞬间高高飞上挂着月亮的夜空。

丽子对守候在身旁的忠实仆人下令："影山，去追那家伙！"

影山听了丽子鲁莽的要求，不禁摇了摇头。"这是不可能的，大小姐。"

面具男仿佛愚弄屋顶上无计可施的两人一般，在宝生邸上空绕行了两三次。不久，他背对在夜空中绽放光芒的满月，朝黑暗的彼端飞走了。

丽子只能咬牙目送怪盗的身影消失。

影山跑到倒地的侦探身边，说："您没事吧，御神本先生？"并且摩挲着他的背，观察他的脸色。

背部着地的御神本猛咳了两三下，说："别担心。"便甩开影山的手，按着鼻头站起身子。

"可恶，那个浑蛋！居然把我的脸当足球踢。"

然后他高举拳头，对着黑暗怒吼："我绝对饶不了你，传奇怪盗！我一定要把你找出来，夺回'银之猪'！"

御神本竭尽所能地摆出大侦探的架子。丽子见状，脑海里浮现出"丧家之犬最会叫"这句熟悉的话。

4

屋顶上的逮捕行动失败后，丽子等人拖着沉重的脚步回到书房。丽子一脚踏进书房的瞬间，说出心中一个简单的疑问：

"传奇怪盗是怎么偷走'银之猪'的呢？"

"这很简单啊，大小姐，"御神本立刻回答，"那家伙在咖啡里下药让我们睡着，然后趁机入侵书房。接着他从熟睡的大小姐身上抢走钥匙串，用它打开玻璃箱后，便带着'银之猪'离开了书房——事情就是这样。"

"不过如果是这样，书房的门锁应该是开着的。可是我醒来时，门还从里面上了门闩哦。影山，对吧？"

"是的。如同大小姐所说，门确实从里面上了锁。大小姐卸下门闩后，我才能进入房里。"

咦，是这样吗？御神本瞪大眼睛。他似乎以为怪盗是破坏门锁后入侵书房的。御神本连忙检查书房的门，见门闩确实毫无异状，疑惑地歪着头。朝仓美和见他如此，开口询问：

"大师，这是怎么一回事呢？传奇怪盗是先从房里把门锁上之后再逃走的吗？可是我认为那是不可能的事情。"

"啊啊，绝对不可能。用备份钥匙打得开弹簧锁，不过从门外是无法操作门闩的。传奇怪盗应该无法进出这间挂了门闩的书房才对。这么说来——啊啊，原来如此！"

御神本啪地弹响指头。"从这个情况可以导出一个结论。"他用手指依序指过眼前的助手、两名部下，以及丽子的脸。

"也就是说，在书房里的四个人中，有人协助传奇怪盗入侵及逃亡。大家睡着之后，那个人从里面把门打开，将小偷引进房内。小偷带走'银之猪'后，此人再从里头把门锁上，假装自己也服下安眠药睡着了——事情就是这样。错不了的，共犯就在这四个人中！"

丽子认为，情况或许真如御神本解释的那样，不过他指出了"四个人"，却未把自己包括在内，这点让人无法接受。侦探是小偷的共犯，这不是什么不可思议的事情。

丽子这么想时，一旁的影山从正面反驳了侦探的推理：

"不，您错了，御神本先生。传奇怪盗从未接近这间书房，因为这扇门外一直都有看守人。"

"看守人？是谁？"

"正是我，"管家将手贴在胸前恭敬地低下了头，"我晚上十一点端来咖啡却被御神本先生拒绝之后，就一直站在走廊上看守着书房门。别说传奇怪盗了，连只猫都没有走近过这扇门。御神木先生，您觉得如何呢？"

"什……什么觉得如何……真叫人不敢相信。如果你所言属实，传奇怪盗就是在没有进出过这间书房的情况下拿到'银之猪'了。"

丽子摇着头插嘴说："这种事情绝对办不到。不可能哦。"

"是的。如此完美的犯罪正可谓奇迹，可以永久流传后世。哎呀，真不愧是传奇怪盗先生。令鄙人影山敬佩不已。"

"敬佩个头啦！还有，不准用'先生'称呼小偷！"

丽子斥责过管家后，便在书房内四处乱窜发泄心中烦躁。

"没有人进出这间书房？不，不可能有这种事情。没有人进出，那么大的摆设绝对拿不出去。我们应该还有哪里疏忽了——影山，你没有打瞌睡吧？"

"我并没有厉害到能够在走廊上站着打瞌睡。"

"我想也是，"丽子不悦地盘起双手，"不然是怎么回事呢？"

丽子注视着空无一物的玻璃箱思考着。"银之猪"确实被人从箱子里取走了。可是，传奇怪盗就算再有神奇的魔术技法，也不可能不踏进书房就把它偷走。难道御神本一开始提出的见解才是对的吗？也就是说——

"从玻璃箱中抢走'银之猪'的人，从一开始就在这间书房里。只不过，那个人应该没有机会把'银之猪'交给门外的传奇怪盗。尽管如此,传奇怪盗的确在我们面前炫耀地高举着'银之猪'——嗯,炫耀?"

一瞬间,丽子觉得好像明白了什么。"'银之猪'该不会没被带走,还在这间书房的哪里吧?"

"没被带走?"御神本受到刺激,皱起眉头,"那么传奇怪盗手中的银色小猪究竟是——啊,对了!那个小猪雕像其实是事先准备好的赝品。这十分有可能。"

"原来如此。"朝仓美和仿佛支持侦探的发言,点了点头。

"他故意让人以为小猪已经被他偷走了,其实小猪仍然在书房内。大师,传奇怪盗使用的就是这种手法吧?"

"没错,朝仓。好,既然如此,大家就分头找找看吧。这间书房里应该没有太多可以藏起一个小猪的地方。"

侦探们各自开始搜索。不过丽子声音尖锐地制止了他们:

"等一下!要是重要的现场让嫌犯给破坏了,那还得了。"

"嫌犯?啊啊,这倒也是。"

御神本带着完全理解一切的表情对自己的部下下令:"那么,大松、中园,还有朝仓,可以请你们先到走廊上待命吗?毕竟你们也算嫌犯。"

"你也是啦,侦探先生!"丽子声色俱厉地断言,并瞪着御神本,手指向门外,"你也离开这个房间,书房由我来搜索。"

喂喂,我也是嫌犯之一吗——侦探仿佛这么说似的耸耸肩膀。丽子重重地点了点头,同时对唯一不包含在嫌犯之列的男人下令:

"影山帮我,听到没有?"

遵命,管家恭敬地低下头。

5

不过丽子与影山的搜索很快就陷入僵局。如同御神本所言,书房里可以藏起一个小猪的地方不多。桌子的抽屉跟柜子当然是率先搜索的目标,可是里头却不见"银之猪"的影子。计算机、打印机、复印机后面也都找不到。最后只剩下墙边的书架了。

"难不成书架里有秘密空间……"

丽子几乎不抱期待地把好几本书同时自书架取下。然后丽子将脸探进书架,确认里面的状况。影山也重复同样的动作。

"话说回来,大小姐。我想请教您一个问题。"

影山没有停手,直接发问:"大小姐对'银之猪'了解多少呢?"

"除了是高森铁斋的作品外,我几乎什么都不知道。我注意到时,'金之猪'跟'银之猪'就都已经陈列在我家书房的玻璃箱里了。听说爸爸好像在高森铁斋晚年罹患重病时帮他垫了医药费,所以……"

"我明白了。"

"嗯?你明白了什么?我才说到一半呢。"

"对高森铁斋作品的评价是在他死后才上升的。生前的高森铁斋恐怕无法偿还老爷代垫的医疗费吧。老爷大概对他说:'如果还不出借款,我就拿走这个'金之猪'跟'银之猪'了!要恨就恨你自己没出息吧!'"

"不要把别人的父亲说得好像放高利贷的恶棍似的！"

丽子虽然如此说，事实八成跟影山的想象相去不远。高森铁斋肯定是把两只小猪雕像交给宝生清太郎作为借款的抵押品了。不过，当时清太郎有没有用黑道中人的语气臭骂艺术家？不得而知。

"那么，这有什么问题吗？"

"不，我只是有点在意而已。"

影山含糊其辞地将手中的书放回书架上。

"不过大小姐，小猪好像并未藏在书架里。排在架子上的都是书籍呢。"

"是啊。那到底是怎么一回事呢？"

"银之猪"并不存在于书房的任何角落。两人的搜索在确认了这点后就结束了。丽子忍不住在书房正中央抱住头。

"虽然不敢相信，但似乎只能承认了。'银之猪'的确从书房里消失了。可是，这到底是怎么一回事？书房的门从里头挂上了门闩，影山还站在门外。换言之，书房是双重密室。传奇怪盗是怎么偷走'银之猪'的呢？就算侦探或侦探的某个部下是怪盗的共犯，也绝不可能把小猪带出书房。他如果这么做了，走廊上的影山一定会发现。"

"您说得对。"

"这样的话……"丽子面露挫败感，嘟囔道，"看来传奇怪盗果真名副其实，是个足以流传后世的奇迹大盗呢。他宛若透明人一般躲过警惕的目光，漂亮地从密室中窃走了宝物。"

丽子羞愧不已，紧咬嘴唇。管家见她如此，谆谆告诫道：

"不，大小姐，透明人跟奇迹大盗都不存于这个世界上。与其急着下这种模糊不清的结论——"

影山直直地注视着丽子的眼睛，面带严肃的表情说：

"大小姐，您再稍微使用一下自己的大脑如何？"

使用大脑？丽子一瞬间无法理解自己被说了些什么。她心想影山说不定是在鼓励自己，可好像又不是这么回事。

"使用大脑……使用，大脑，动脑……啊啊，原来如此！"

丽子敲了一下掌心，好不容易正确理解了管家的话。"简单来说，你的意思是'再给我多动动脑'，对吧，影山？"

"正是——"影山清了一下嗓子，然后连忙改变态度，"不不，小的绝不敢对大小姐使用如此高姿态的口气。"但这番辩解为时已晚，管家敷衍的态度让丽子的怒气一瞬间抵达沸点。

"别开玩笑了！你知道我有多么努力运用自己的脑袋吗？"

"可是看起来……"

"看得到还得了啊！你怎么能看到我的大脑正在脑壳里全速运转啦！"

丽子指着自己的头，表示其内部还在高速运转。不过高傲的管家却露出优哉的笑容，低头看着丽子。

"原来如此。那么，可以请大小姐也用一下那全速运转的大脑，和我一起想想看吗？"

"想什么啦？如果你说的是密室，我从刚才就在想了。"

"不，不是密室，应该思考的是那个预告书。"

"你是说写着前来领受'金之猪'的预告书吧。那又怎么了？"

"您不觉得奇怪吗？传奇怪盗为什么要做出前来领受'金之猪'的假预告呢？"

"那还用说，当然是为了转移我们的目标啊。传奇怪盗真正盯上的是'银之猪'，所以故意在预告书上写着'金之猪'，企图将我们的注意力从'银之猪'转移到'金之猪'上。这种手段很常见啦。"

"是这样吗？如果传奇怪盗的目的是转移我们的目标，在预告书里写上'前来领受客厅的油画'才是最好的办法吧。故意写上同样陈列在书房里的'金之猪'根本无法混淆视听。因为书房依然加强了警备。"

"呜……"丽子发现自己的解释不通，突然陷入沉思，"听你这么一说，确实是这样。为什么传奇怪盗要撒这种毫无意义的谎呢？"

"绝不是毫无意义。预告书应该存在着有利于他犯案的什么企图。"

"什么——企图？"丽子逼近影山，打算听听他的想法。

不过这时书房的门突然打开了。御神本带着担心的表情探头进来。

"那个，大小姐，搜查还没结束吗？还有，刚才我好像听到大小姐惨叫的声音，那是怎么一回事呢？大脑、脑壳什么的……"

"不，没有人在说任何有关脑袋的事情哦。"丽子红着脸否认。

"书房的搜索已经结束了，"在丽子身旁的影山擅自说道，"书房里的每个角落都找不到'银之猪'。"

"什么嘛，白忙一场啊，"侦探流露出失望的神情，"这起事件越来越奇怪了。传奇怪盗到底使用了什么魔术呢？"

"我已经有一点眉目了。需要我为各位说明吗？"

侦探似乎对影山意外的发言感到很怀疑。他不快地盘起双臂，从头到脚打量着影山修长的身躯。

"什么？你说你能解释传奇怪盗是怎么犯罪的？作为宝生家佣人的你吗？喂喂，你脑袋还正常吧？这可不是外行人解决得了的案件啊。"

丽子看到御神本一副鄙视影山的态度，不知为何火大起来，总觉得自己被瞧不起了。既然如此，我无论如何都要叫影山出马，让这个太过自我的侦探跌破眼镜。丽子立即对侦探下令：

"御神本先生，请叫其他在走廊上待命的人回到书房。"

然后她转身面向影山，对他下了命令：

"影山，解释一下传奇怪盗的作案手法，要说得让这位侦探先生也能听懂哦。"

于是六名男女再度聚集书房内。这六个人就是御神本侦探跟助手朝仓美和、侦探的部下大松及中园，还有丽子与影山。在这六人之中，最不可能犯罪的一介管家，当着职业刑警与侦探的面谈论案件。这是奇妙的画面，影山却毫不畏惧地环顾众人，然后开口说：

"首先，重新回顾一下御神本先生今天的行动吧。御神本先生认为'金之猪'被盯上了，于是命令大小姐打开玻璃箱，亲自确认'金之猪'。不过当时谁都没有想到要打开装'银之猪'的玻璃箱。"

"那当然。因为预告书上连一个字都没提到'银之猪'啊。"

影山听了御神本所说的话，默默地点了点头，接着转身面向丽子。

"另一方面，根据大小姐的说法，两只小猪是高森铁斋送给老爷的，作为借款的抵押品，'等注意到时，两只小猪就都已经陈列在书房的玻璃箱里了'。也就是说，大小姐自己从未把'银之猪'拿在手上，确认那是什么样的作品。是这样吧？"

"我的确没有拿起来过，可是这种事情看了就知道吧。'银之猪'是银制雕像哦。而且以高森铁斋的技艺来说是做得有点差啦。"

"为什么您会认为那是银制雕像呢？"

"为什么……"丽子不禁结巴起来。

"大小姐之所以会认为'银之猪'是银制雕像，难道不是因为'金之猪'确实是用金制成的雕像吗？"

"听你这么一说，或许是这样。"

"可是，就算'金之猪'是黄金雕像，'银之猪'也未必就一定是银制雕像吧？"

"喂，你在说什么啊？"御神本插嘴说，"如果'银之猪'不是银制雕像，那到底是什么？白金，还是镀银的铁？再说，那个小猪是银是铁都没关系吧？小猪大小的摆设从密室状态的书房内消失，这才是重点啊。"

"不，御神本先生，这时候我们应该逆向思考。如果那真的是小猪大小的银制摆设——就绝不可能从密室中瞬间消失。"

"嗯？这话是什么意思？！我完全不懂你想说什么。"

侦探夸张地歪着头。影山仿佛懒得口头解释，将右手滑进西装里面的胸口。

"为了让御神本先生也能明白，我让您看看证据吧。"

他从内口袋取出一个物体。那是绽放着黯淡光芒的黑色棒子，丽子过去曾经见过。在一行人的注目之中，影山挥动了一下右手。棒子瞬间摇身一变，成了五十厘米长的钢铁武器。是伸缩警棍。不知道为什么，影山把这个危险的武器视为管家工作不可或缺的工具。

众人顿时议论纷纷，御神本畏缩地倒退一步。

"你——你干什么？居然拿出这么危险的东西，你——你是想打架吗？"

御神本在眼前挥起拳头，宛如小混混恐吓正宗黑道般虚张声势："要打就放马过来！别看我这样子，我可是有珠算一级、英检三级的功力呢！"

这实在是太蠢了，连恐吓都称不上。解决这种级别的对手根本用不着警棍，丽子对此非常自信。可是，影山却将警棍前端笔直地指向御神本。下一个瞬间，他以快到双眼无法捕捉的动作正面袭向侦探。

"咿咿咿咿咿——"

御神本吓了一跳，连忙翻身闪躲。影山挥落的警棍前端掠过侦探的身体。御神本见影山认真地攻击过来，吓得直哆嗦。影山最初一击挥空，瞬间重整姿势，将警棍换到左手上，片刻不停地从侧面挥出下一击。于是警棍前端非常漂亮地命中侦探的背部。

"呜呃——"书房内响起呻吟声。

可是那并非御神本，而是女性的声音。影山以警棍痛殴的是侦探助手朝仓美和的背。她僵硬地挺直背脊，端正的脸庞因痛苦而扭曲。

丽子见此情景，不可置信地瞪大眼睛，连忙插进朝仓美和与影山之间。

"你这是在干什么，影山？居然用警棍殴打柔弱女性的背，这可不是绅士应有的行为！我还以为你的暴力仅限于言语上，没想到竟然到了这种地步——嗯？"

这时，丽子察觉到了。朝仓美和正站在自己背后——站着？

这不可能。影山尽全力挥下的警棍确实直接命中了她的背。大部分女性受到那么强烈的打击，都会痛得跪倒在地，绝不可能还能若无其事地站着。

"朝——朝仓小姐，你没事吗？"

朝仓美和并没有回答丽子的问题，反而倒退几步拉开距离。然后她戒备地环顾众人，嘴里突然发出哄笑声。

"呵，呵呵，哦呵呵，哦呵呵呵，哦呵呵呵呵……"

"啊，"丽子瞬间理解了一切，"你——你是传奇怪盗的同伙吧！"

"同伙？不，不是的，"朝仓美和从容不迫地摇了摇头，将手贴在自己胸前，"刚才从屋顶上飞走的是所谓的替身，我才是传奇怪盗哦。证据是你们正在找的'银之猪'就在这里——看！"

她将右手绕至背后，掀起裤装背上的部分，从那里取出一个奇妙的物体。她右手高举着一片板子。在书房灯光的照射下，那东西闪烁着银色光辉。

在那一瞬间，丽子总算明白了。朝仓美和之所以受了影山一击却还是泰然自若，是因为藏在背后的这片银板起到了保护的作用。不过丽子还是无法理解她所说的话。

"你——你说这片薄板是'银之猪'？别说傻话了！"

"不，这是事实，大小姐，"影山冷静地说，"大小姐深信是银制雕像的'银之猪'其实不是雕像，而是锻件。"

"锻件？什么？"

"所谓的锻件就是指金属锻造物。"

"金属锻造物？啊啊，金属锻造物啊，"丽子点了点头，然后大叫，"我越听越迷糊了！"

"所谓锻造，是以铁锤或木槌敲打金属坯料，使其延展立体化，进而将其塑造成物体，是金属工艺的技法之一。工匠利用此一技法，将块状的金属敲打成钣金，做成筒状或带状，然后制造出水壶或香炉等器具。艺术家也会利用同样的技法制作佛像及动物塑像。我想您已经明白了吧，大小姐？"

"也就是说，'银之猪'是高森铁斋以锻造法制作而成的小猪塑像？那个作品虽然有小猪那么大，里头却跟水壶一样是空的？"

"正是如此。表面恐怕比水壶等还要轻薄。一旦拿在手上，大小姐应该会为其重量之轻感到惊讶不已吧，可是它外表看起来却像是一个厚重的银制摆设。而且，旁边的'金之猪'又是货真价实的黄金雕像，所以任谁都会深信'银之猪'就是一尊银制雕像。朝仓美和，不，传奇怪盗就是利用了我们这种错觉。"

"原来如此，我逐渐了解了，"丽子重新看着眼前的敌人，"朝仓小姐，在壶里的咖啡下安眠药的也是你吧。泡咖啡的是我跟你，所以你有机会下手。你按计划让我们睡着后，从玻璃箱内取出'银之猪'，接着将它……"

"是啊，没错。我用脚把'银之猪'踩成一片薄板，然后藏在裤装背后。你们对此浑然不察，只是一个劲儿地寻找小猪摆设，真是太好笑了。不过最后还是被这位聪明的管家先生识破了。"

"鄙人并不聪明……"影山掩饰害羞似的用手指推了推银框眼镜，"只不过，我认为假使'银之猪'是锻件的话，要将它偷偷带走最好是打扁后藏在衣服背部底下。而能够办到这件事情的，除了你以外就没有别人了。大松先生跟中园先生在屋顶上都脱掉了西装外套，刚才我摩挈御神本先生的背部时，也亲自确认过他的外套底下并没有藏任何东西。"

于是影山猜想朝仓美和背后藏着银板，才出手痛殴她的背部。丽子明白这点后，如释重负地松了口气。

不过那也只是眨眼间的事情，丽子心中很快涌现出新的疑问。

"朝仓小姐，你把'银之猪'压扁了没关系吗？这样的话，这件艺术作品就已经没有任何价值了。"

"嗯,没关系,"朝仓美和右手高举着银板,"因为'银之猪'本来就不是艺术作品,这只是爷爷留下的失败作品,所以压扁了也无所谓。"

"咦,'银之猪'是失败作品?"丽子不由得大叫,"的确,'银之猪'的做工似乎并不怎么样,御神本甚至还称之为'蚊香猪'——不过等一下。你刚才是不是说了'爷爷'?你说的爷爷是谁啊?呃,难不成——"

"没错。我是高森铁斋的孙女,所以我要来取回'银之猪'。爷爷不满意'银之猪'这件作品,坚决不肯发表出来。可是你的父亲,宝生清太郎却以抵债为名,硬是带走了这个被爷爷视为毕生污点的失败作品。'要恨就恨你自己没出息吧!'你父亲——临走前还丢下这种没人性的话。"

"呃,真的假的?"丽子羞愧得耳根都红了,在传奇怪盗面前低下了头,"如——如果是这样,对不起。我——我向你道歉。爸爸完全不懂艺术,所以才会随便挑个显眼的东西带走。他没有恶意,只是嗜钱如命而已。而——而且你爷爷还不出钱也有不对。话说回来,不管理由是什么,当小偷总是不太好吧——对吧,影山?"

"您说得是。就算老爷过去曾经做出魔鬼般的行径,那也不能说明传奇怪盗的行为是正当的。"

影山说的话是以丽子的父亲过去曾有过魔鬼般的行径为前提,但现在不是丽子驳斥这点的时候。丽子把这个尴尬的话题丢到旁边，往前迈出一步。

"总之，窃盗行为是违法的。你快把小猪还给我，传奇怪盗！"

"你说的的确有道理，"传奇怪盗朝仓美和注视着丽子，"那么这就还给你吧！"

她大叫之后，立刻将手里的"银之猪"残骸扔向丽子。

银板仿佛唱片般飞过空中。丽子害怕得全身僵硬。不过，就在银色凶器快要袭击丽子的喉咙时，影山手中的警棍一闪。丽子眼前迸发出一大片火花。下一个瞬间，银板插进地面。

"请小心，大小姐！"

"影影——影山！"丽子全身乏力，忍不住抓住管家的袖口。

这时，朝仓美和忽然对着御神本猛冲。侦探的身体被突如其来的冲撞撞飞，他身后的两名部下也背部着地乒乒乓乓地跟着倒下。女贼趁着场面混乱，穿过书房的门逃向走廊。

"喂，你们还在发什么呆！快追，别让那家伙逃了！"

御神本在地上挣扎着对两名部下发号施令。大松及中园，还有最后站起来的御神本同时奔出房间。丽子跟影山也紧跟在他们后面。

"去屋顶！我觉得那家伙会从屋顶上逃走！"

走廊上响起御神本的声音与一大帮人的脚步声。丽子跟影山一起跑上通往屋顶的阶梯。不久，丽子再度抵达屋顶时，朝仓美和已经在屋顶的最边缘了。御神本等人围成一圈朝女贼逼近。不过，她站在建筑物边缘，用尖声恐吓众人：

"不要再靠过来了！再靠过来的话，我就从这里跳下去！"

"你……你说什么,"御神本不屑地说,"你想跳尽管跳啊。"

"不行!"丽子连忙制止,"别做傻事!要是你死掉了,风祭警部就会跑来这里了,那我可就麻烦了!"

"大小姐,现在不是担心这种事情的时候。"

可是真的会很麻烦嘛,丽子在心中这么念叨时,熟悉的声音突然从她背后急速接近。

马达的运转声响彻天空。丽子吓了一跳,抬头仰望天空。前方是刚才在夜空中飞舞的动力飞行伞,以及操作着飞行伞的面具男。

是传奇怪盗,不,是替身,也就是朝仓美和的共犯。

一道绳梯从飞行伞上垂落下来。丽子瞬间理解了朝仓美和企图采取什么行动。怎么可以让你逃走,丽子心想,然后往她冲过去。飞行伞的黑影掠过丽子,抢先飞去。这时,站在建筑物边缘的朝仓美和突然往空中纵身一跃。啊,丽子嘴里不自觉地发出惨叫声。不过下一个瞬间,暂时消失的她却抓着绳梯高高飞到了丽子头上。

"宝生丽子小姐!怎么样啊?你抓得到就尽管来抓吧!"

传奇怪盗朝仓美和,临走时朝丽子丢下这句挑衅的话语。宝生家并没有什么东西遭窃,只是失败的艺术品被破坏罢了。不过即使如此,丽子心中还是充满了挫败感。

传奇怪盗,多么可怕又可憎的家伙啊!

"呵,呵呵,哦呵呵呵,哦呵呵呵呵,哦——呵呵呵呵!"

传奇怪盗发出熟悉的哄笑声,乘着飞行伞悠然地在宝生邸上空绕行。丽子只能在屋顶上咬着手指干瞪眼。"喂！放马过来啊，你这个叛徒！"御神本仿佛不堪一击的不良少年般挑衅着过去的助手，不过传奇怪盗压根没把他放在眼里吧。把这个侦探找来宝生家根本就是个错误，丽子为此深深反省——我再也不拜托这个废物了！

不久，传奇怪盗与共犯充分享受过胜利者的绕场游行后，便向满月飞去。传奇怪盗的剪影沐浴在月光之下，逐渐远去。看着女贼的身影变得越来越小，影山开口询问丽子：

"大小姐，该怎么办呢？要报警吗？"

"这个不用问也知道吧，"丽子毫不犹豫地断言，"绝对不行！"

传奇怪盗事件在黑暗中开始，在黑暗中结束。

第四部　杀人时请利用自行车

1

国立市宝生家，是从钢铁、化学，到铁路、物流、出版，甚至是本格推理小说，各行各业都有涉足、赢利能力超强的巨大复合企业——"宝生集团"的总帅宝生清太郎的宅邸。在宽敞得有些浪费的餐厅里，清太郎的独生女丽子一如往常地享用着晚餐。

虽说一如往常，但这是举世闻名的世家的晚餐。烤得恰到好处的红椒，然后是南瓜冷汤、奶油煎鲑鱼、香草烤羔羊，餐点味道与豪华的程度，远远凌驾于这一带的高级餐厅之上。另一方面，接连不断将端上来的料理送进嘴里的丽子，胃容量也远远凌驾于一般的办公室女职员。

"甜点方面，准备了覆盆子慕斯及意式芒果冰淇淋两种。您需要哪一种呢？"

丽子听到管家向她请示，理所当然一般说道："谢谢，我两个都要。"

丽子虽然吃得多，却依然保持苗条体态，从未发胖。原因是她的职业。她工作的地方不是什么"宝生集团"东京总公司的社长室，而是警视厅国立市警署的办公室。她身为一介新人刑警，每天都被讨厌的上司颐指气使，因此她的劳动量恐怕远远超过一般办公室女职员，这也就是她怎么吃都不会胖的原因。丽子反而很认真地担心，不知自己会不会因为压力太大而消瘦。

她眨眼间将端上餐桌的两种甜点扫进强韧的胃里，然后啜饮着高脚杯内的红酒，唐突地对随侍在旁的管家发问：

"唉，影山，家里有自行车吗？"

管家应该会觉得她的问题很莫名其妙吧？不过影山却以指尖轻轻地推了推银框眼镜，声音沉稳地回答她的问题：

"大小姐，宝生家中从家用喷气飞机到电动轮椅，各种交通工具应有尽有。自行车当然也有。而且多到可以拿出来叫卖了。"

"这么多？"丽子听了影山所说的话，毫不掩饰惊讶。丽子在这座奢华的宅邸中从未见过自行车这种平民化的交通工具。"在哪里啊？给我看看！"

那么，我来为您带路——影山恭敬地行了一礼之后，便带着丽子前往夜晚的庭院。

在辽阔到据说连园丁都会迷路的宝生邸庭院中，影山漫步穿越，引领丽子来到某座建筑物。这里铁制卷帘门紧闭，犹如恐怖分子的指挥所，或者秘密社团的基地。"这栋建筑物是什么啊？"

影山在入口处的键盘上键入密码。

"是老爷的秘密车库。而且是自行车专用的。"

影山说话时，车库的卷帘门开始上升。出现在门后的空间简直就像自行车博物馆。擦得锃亮的各种自行车拥挤地并排在一起。

"居然有这种地方。想必这也是爸爸乱花钱的结果吧。"

"是的。应该说是'成果'。此处正是老爷当初短暂热衷收集自行车时的成果。您还满意吗？"

"嗯，非常满意，"丽子只能叹着气点了点头，"话说回来，虽然这里有很多种自行车，但其中最……"

"是，我最推荐的是这台。"影山走向陈列在车库一隅、造型十分罕见的黑色自行车。"这是二十世纪七十年代风靡一时，附有小型悬垂把手的少年用自行车。大小姐，请看看这个设置在后方台座上的巨大方向指示器！当时的少年个个都为如此新颖的设计而痴狂。如今已经很难看到保存状态这么好的原型了。您觉得如何呢？"

丽子仔细端详着影山介绍的自行车。

"哦，昭和时代的男孩子都骑这种花哨的自行车啊——唉，影山！为什么我非得特地来看这种怀旧的自行车不可啊！"

"您不喜欢吗？"影山难得露出困惑的表情，"那么大小姐，您到底是在找什么呢？最贵的自行车？最漂亮的自行车？金自行车？又或者是银自行车？"

"不，我正在找的是非常普通的铁自行车——不对！"

丽子忍不住跺着脚谴责影山："这是哪出闹剧啊。你以为在演'金斧头，银斧头'吗？就算是，我当然得扮演池中女神，而你才是樵夫吧！"

"大小姐，您是因为这个生气吗？"

"不，不对。呃，是什么来着？"得冷静下来，丽子恢复原本的自我，"对了！我在找最快的自行车。金的也好银的也好，只要够快就行了。好了，快点把最快的自行车拿来吧。"

影山听从丽子的命令，暂时消失在车库深处，然后抱了一辆自行车回来。这辆自行车构造简单，可以说仅由车架、轮胎、把手、坐垫，还有踏板与链条所构成。丽子看着那极简单却散发着独特机械美的车体，喃喃地说：

"没有刹车呢。难不成这是竞赛用自行车吗？"

"正是如此。平常自行车中，没有速度比它更快的了。老爷到底为什么买下这辆自行车呢？老实说，这点我百思不得其解……"

"我也有同感。"爸爸是想成为自行车赛选手吗？丽子难以猜测父亲真正的用意，不过这先姑且不提。"这辆自行车不能骑上马路吧？不行吧，就算再怎么快，没刹车也太危险了。"

"哎呀，只要躲着警察偷偷骑就行了，大小姐。"

"这是该对现任刑警说的话吗？"

丽子狠狠地瞪着影山装模作样的脸。"我说影山啊，你是不是误会了什么啊？"

"这个嘛，别说误会了，我完全不明白大小姐想做什么。话说回来，速度快的自行车有什么问题吗？"

一瞬间，影山眼镜底下的眼眸射出明亮的智慧光辉。"前不久在立川发生了一起案件。那起案件的搜查触礁了吗？"

影山虽只是个侍奉宝生家的忠诚管家，但推理能力卓越。这点对丽子来说很重要，同时也令她大为恼火。

"这个嘛，要说触礁也的确是触礁了。"

丽子模棱两可地点了点头，不过她随即在眼前挥了挥双手。"可是你别误会了，犯人几乎已经确定了，解决案件只是时间问题。只不过还有些矛盾的地方……"

"是。您说的矛盾的地方是？"

丽子不敌影山那仿佛要穿透她眼睛的视线，对他丢出案件的关键问题：

"如果有个脚力很强的人，全力骑着这辆自行车——"

"是——全力骑？"

"你觉得能够在十五分钟内往返五千米吗？"

"在十五分钟内往返五千米？"

影山仅是轻轻地点了点头，瞬间就理解了这个问题的本质。"也就是时速四十千米每小时吧？嗯，听说公路自行车赛的顶级比赛'环法自行车大赛'的平均速度，差不多就是那么快，可是，一般人不太可能骑出这种速度吧？不过自行车赛的职业选手或许能办到。"

丽子听完影山的见解，不禁为之赞叹。看来这次事件也只能仰赖这个男人的推理了。丽子认命了，开始对影山讲述案件详情——

2

即将进入梅雨季的六月上旬某日，立川市发现了死于非命的女性尸体。宝生丽子接获消息后立即前往现场。在立川市砂川町的住宅区一角，从五日市干道转进小巷子的一栋别墅，有人发现了尸体。

丽子穿黑色裤装，戴黑框装饰眼镜，长发绑在脑后，以这一身工作打扮抵达现场。她在屋子门前发现了沐浴在灿烂阳光下、闪烁银光的银色捷豹。丽子忍不住想掉头离开，提前去享用午餐。虽然她内心有这种冲动，但毕竟这是工作。丽子下定决心，心不甘情不愿地穿过屋子的大门。

挂在门柱上的厚实名牌，以金色的古风字体写着"佐佐木"这个姓氏。

竖立在眼前的是两层楼的老旧日式房屋。稳重的瓦片屋顶与门面加宽的玄关别具风格。丽子在制服巡警的带领下进入屋内。

木地板走廊后面是宽敞的餐厅。又黑又亮的木地板上摆着餐桌跟椅子，墙边有低矮的橱柜及小电视机。与其用英文的"Dinning Room"，这个充满怀旧气氛的空间更适合用"食堂"两个汉字来称呼。不过，这间食堂中央的奇妙景象，却让人不得不萌生诡异的感受。

"这……这是什么……"丽子不由得倒吸了一口气。

食堂里的长方形餐桌旁放着四张椅子，除此之外还有另一张椅子。那是在家庭餐厅经常看到的儿童座椅。状似梯子的台座上设有小小的椅面与靠背，这种椅子是为了让幼儿能够跟大人同桌吃饭。可是如今那张椅子上——

却坐着一位老妇人。不，应该说是被放在上面的吧。

老妇人很局促地坐在狭窄的椅子上。她上半身穿着蓝色羊毛衫，底下是深棕色长裤。说实话，老妇人的衣着实在很不起眼。她的身体一动也不动。娇小的身体紧紧塞在儿童座椅里，身体已经冰冷。

"为……为什么要对被害者做出这种事情……"

丽子看着老妇人的尸体，声音颤抖了起来。"对死者的亵渎"，她脑海里浮现出这句常见的话。当然，丽子并不认为将尸体放进儿童座椅里的行为可以用这么简单的一句话来解释，可是——

"这无疑是对死者的亵渎啊。宝生，你不觉得吗？"

此时，喜欢用常见的话语解释一切的人物正好在食堂里出现了。不用说，这个人就是风祭警部。国立市警署引以为傲的年轻精英刑警，他的真实身份是以"牺牲省油率也要讲究帅气"而为人所熟知的著名汽车制造商"风祭汽车"创始人的儿子。曾有谣言说他花钱买下了警部头衔，他正是丽子的直属上司，也是导致她压力过大的元凶。

"啊，警部，早安，"丽子以指尖推了推装饰眼镜后，用问题代替寒暄问候上司，"您刚才说了对死者的亵渎是吗？"

"啊啊，没错。因为真的就是这样啊。将死者放进儿童座椅里，让她以这副模样出现在众多警探面前，甚至还被拍下照片。对死者而言，没有比这更屈辱的事情了。"

风祭警部身穿醒目到让人忍不住想问他是不是准备参加婚礼的纯白西装。这种不合时宜的打扮，不也是对死者的一种亵渎吗？丽子在心中这么低声挖苦，但还是决定做个称职的部下，赞同警部的主张。

"的确，警部说得或许没错。那么，这是一起仇杀案吗？"

"不，要断定是仇杀还太早。妄下结论是查案的大忌哦，宝生。"

啧啧啧，风祭警部边咋舌，边在丽子眼前摇动食指。看了他那已经超越装腔作势、到达滑稽程度的举动——你是以前的宍户锭吗？丽子忍不住在心中问他。

当然，警部完全解读不出丽子的心理，所以脸色一点都没变。他是那种会发自内心误以为自己很帅气的人。

在风祭警部的指挥下，丽子等人正式开始调查。

被害者被证实为住在这个家的佐佐木澄子。澄子今年七十二岁，靠年金度日。丈夫过世后，她独自生活在这栋房子里。从脖子上留下的像是被绳子勒过的痕迹来看，澄子应该是被人勒毙的。食堂跟其他房间都没有遭到破坏的迹象，被害者钱包内的财物也没被动过。

"看来这似乎不是单纯的盗窃杀人案呢。会是仇杀吗？"

刚才我已经这么说过啦。结果警部不是说我"妄下结论是办案的大忌"吗？您忘了吗？丽子目光冷冰冰地瞪着上司。

风祭警部仿佛感受到丽子投来的冰冷视线，浑身颤抖了一下。

"不不，暂且先不断定是仇杀，总之，先找第一发现者问话吧。"

丽子与风祭警部前往其他房间，跟事件的第一发现者见面。

发现佐佐木澄子尸体的是一位名叫丸山美铃的年轻女性。丸山美铃每天上午都会到佐佐木家帮助澄子处理家事，是所谓的通勤帮佣。今早她一如往常地来到这里，在玄关处按下门铃。

"不过今天没人应门。我心想，太太是不是外出了，于是拿起手机打电话给太太，可是电话打不通。我觉得忐忑不安，绕到后门，后门开着。我打开门窥探屋内，厨房没有异状。不过我随后看到了厨房旁边餐厅的景象，忍不住大声尖叫，因为我看到了坐在儿童座椅上的太太。"

"你立刻认为她已经死了吗？"风祭警部问。

"我无法判断太太是不是死了，可是那景象实在太奇怪，我很肯定情况不对劲。我立刻冲进厨房，近距离观察太太。我在那个时候知道太太已经过世了。"

"原来如此。所以你马上打一一〇报警了，"风祭警部重重地点了一下头，然后转换话题，"话说回来，澄子女士的经济状况怎样呢？她雇得起帮佣，可以想见，以靠年金过活的人来说，她的生活还算宽裕。"

"是的，您说得没错。听说已故的先生从事不动产生意，是个很厉害的企业家。太太继承了遗产，好像到死都不用为钱所苦。"

"嗯。的确，她在到死都不用为钱所苦的情况下过世了——"警部稍微表现出了一点黑色幽默，"顺便请教一下，在你眼里，澄子女士是个什么样的人呢？"

丸山美铃听了警部的问题，面露沉痛的表情，双手贴在胸前。

"太太是个生性温柔、人见人爱的人。不仅受附近邻居欢迎，对我这个帮佣也很好。"

"原来如此，真是个了不起的人呢，"警部感慨地点了点头，然后温柔地将手放在她肩上，对着她耳边恶魔般地耳语，"那么实际情况又是怎么样呢？"

丸山美铃仿佛听到魔法咒语般，态度大变。

"是。太太本性恶劣，人人敬而远之。不仅被附近邻居疏远，每天还把我这个帮佣当奴隶使唤。好像有钱很了不起，对谁都摆出一副臭架子。除此之外顽固小气、爱刁难人，还爱慕虚荣！喜欢自吹自擂和讲别人坏话，不对他人感恩！自己借了书都不还，对借出去的钱却连一百元铜板都要讨回来！啊啊——真受不了，有钱人就是——"

"住口——什么都不要再说了——"

风祭警部突然捂住耳朵，紧紧闭上眼睛大声疾呼。

丽子歪着头，问喘着粗气的上司："警部，您怎么了？"

"没……没什么，我不知怎的火大了起来，感觉自己好像被批评了……"

原来如此，的确，丸山美铃激烈的评语大概有一半也适用于警部。可帮佣不可能看出警部是个本性顽劣的公子哥儿，所以这无疑只是巧合。丽子代替心理受创的风祭警部，继续询问帮佣：

"被害者的人品我们大致了解了。她周遭一定有讨厌或痛恨她的人。关于这点，你有什么头绪吗？"

"想杀害太太的人是吗？不不不，我根本无法想象太太身边会有人持如此可怕的想法……"

"是吗？大家都是好人呢，"丽子深深点了点头，然后效法警部刚才的做法，将手放在帮佣肩上，"那么实际情况呢？"

"是。其实我大概知道一个人，是个名叫平泽健二的男人，他是太太的外甥。太太没有子嗣，现在只有他这一个亲戚。"

"唯一的亲戚？该不会澄子女士只要一死，那个平泽健二就能得到她的遗产吧？"

"是，应该是这样。正确说来，太太虽然对外甥平泽健二没太多感情，却打心里喜欢平泽的独生女美奈。对太太而言，美奈大概是个近似于孙女的人吧，所以太太似乎不反对让平泽健二继承自己的财产。我要是没记错，遗书上应该已经写明了。"

"是这样啊，"丽子抱着双手，然后忽然意识到，"那么，死者坐着的那张儿童座椅原本是给美奈坐的喽？"

"是的。平泽健二偶尔会带着妻子江里子跟女儿美奈到这里来玩，美奈坐的就是那张儿童座椅。"

"哦哦，真可疑啊，"风祭警部从创伤中恢复，在旁插嘴，"那个叫平泽健二的男人极度可疑呢。顺便请教一下，这个平泽健二最近经济状况如何？可否为钱所苦？这个如此可疑的人以什么为生？"

"目前无业，所以他十分有可能为钱所苦。"

警部跟丽子听到无业这个字眼，忍不住面面相觑。一个有妻子女儿的男人无业，这是怎么一回事呢？丽子对丸山美铃提出一个简单的问题：

"这个叫平泽健二的人失业前是做什么的？"

丸山美铃说出了丽子他们意想不到的职业。

"他曾经是自行车赛车选手。不过现在已经退役了。"

3

"那个帮佣说得没错，平泽健二过去的确是自行车赛职业选手。"

风祭警部轻快地操控着便衣警车方向盘，行驶于五日市市区，得意洋洋地对副驾驶座上的丽子说："平泽虽然实力不到顶级，但似乎拥有还算不错的人气与收入。不过，他大约四年前发生摔车意外伤到了腰，自此之后成绩始终低迷。结果他在无法恢复过往荣景的情况下，于两年前退役了。之后他一直都没有固定职业——以上是某位在立川自行车赛车场打滚了约三十年的消息灵通人士所提供的情报。"

"您的消息来源还真多呢，警部。"丽子发自内心感到佩服。

"还好啦，"警部露出欣喜的表情，"对了对了，说到情报，我还有另一条宝贵的信息哦。"

"什么信息呢？"

"其实国立市最近开了一家地道意式料理店，我想带你一起去……"

"啊，警部，好像就是那里。"

丽子打断上司的邀请，指向前方。

警部轻轻咋舌，把车停了下来。

从被害者居住的立川市砂川町出发，沿着五日市干道往东行驶五千米，全新住宅与田地交会之地，被称为国分寺市北町。嫌犯平泽健二的家就坐落在该区域一隅。白色外墙的两层楼建筑，美丽庭院里铺着草皮。单就住宅外观来看，平泽家似乎过着相当富裕的生活，但不难想象实际情况是已经火烧屁股了。

丽子与风祭警部下了车，来到平泽家的玄关，按下门铃。出现的是个身穿运动服、身高和体重都远超普通日本人的年轻男子。他就是平泽健二。警部掏出警察手册表明来意后，平泽吓了一跳似的瞪大原本细小的眼睛。

"您说阿姨被杀了？刑警先生，这是真的吗？"

平泽的反应有点矫情，是错觉吗？丽子疑惑地打量着嫌犯。平泽健二带着狐疑的丽子与风祭警部前往自家客厅。

"内人去幼儿园接女儿了。不好意思，请两位将就一下。"

平泽将塑料瓶茶饮送到刑警的面前，然后在正对着丽子他们的沙发上坐下。

"话说回来，两位到底想问我什么事情呢？"

"没什么，只是例行询问罢了，不会花你太多时间。"

风祭警部翻着手册发问：

"你跟澄子女士是什么关系？""澄子女士的为人？""澄子女士最近有没有什么奇怪之处？""话说回来，你在比赛期间的年收入是多少？""赌自行车赛的必胜法是什么？"

的确，无论哪个都是很常见的问题。

对于警部的问题，平泽滔滔不绝地道出了中规中矩的答案。他好像料到会被讯问。只不过，他说到比赛期间的年收入时，只回答一句"秘密"便闭口不提，关于必胜法则断言"没有"。

过了一会儿，客厅充满了和缓的气氛。平泽脸上露出游刃有余的表情。风祭警部仿佛将此刻视为决一胜负的关键般，瞪着平泽单刀直入地问道：

"话说回来，平泽先生，昨天晚上九点，你人在哪里，在做些什么呢？"

昨天晚上九点，这是警方验尸之后推测出来的被害者死亡时间。准确来说，佐佐木澄子应该是在以晚间九点为中心的前后一小时之内遭到杀害的。

简而言之，警部的用意在于调查不在场证明。平泽似乎马上感觉到他的企图了。游刃有余的神色自他脸上消失，他露出不高兴的表情。

"刑警先生，难不成您是怀疑我杀了阿姨吗？要瞎猜也该有个限度吧。我不可能杀害阿姨。"

"哦。所以你昨天晚上有不在场证明喽。"警部那挑衅似的态度，在部下丽子看来也是可憎到令人想痛打他一顿。嫌犯肯定更会这么想吧。

平泽仿佛压抑着涌上心头的怒火般用力握紧拳头，回答了警部的问题：

"是啊，要说不在场证明当然有。因为昨晚我家来了客人。"

"呜，"警部瞬间倒吸一口气，然后故作镇静地说，"哦，是什么客人呢？"

"是我学生时代的朋友，福田跟松下，我邀请他们来家里玩。他们在晚上七点到我家拜访，然后我们闲聊一会儿，吃吃内人做的料理，接着喝酒——最后他们大约在晚上十一点左右回去了。"

"哦，是这样啊。所以说，七点到十一点之间，你一直跟那两人在一起喽？"

"当然。我和内人江里子一直跟他们在一起。"

平泽像是突然想起什么似的马上补充说："啊啊，不过我中途短暂离席过哦。大概离开了十五分钟左右吧。"

"十五分钟？你在这段时间里做了什么呢？"

警部的言下之意是"你在这段时间里去杀人了？"，不过平泽却若无其事地回答：

"没什么，只是去抽烟罢了。福田跟松下两人都不抽烟，而且我也规定自己不能在内人面前抽烟。所以我独自离开客厅，到二楼的阳台抽了两根烟，然后又回到客厅。"

"大概是十五分钟是吧？顺便请教一下，那大概是几点的事呢？"

"这个嘛，没记错的话，那时候我们吃完饭正准备开始喝酒……差不多九点左右吧。"

"九点！"跟被害者的推测死亡时间完全一致，风祭警部从沙发上向前挺身，"昨天晚上九点左右，你从客人们面前消失了十五分钟。是这样吧？"

"是的，没错。可是刑警先生，您该不会是想说——我在短短十五分钟内去杀死阿姨，然后又跑回来吧？这是不可能的。阿姨家在立川市砂川町，我家在国分寺市北町，两家距离有五千米，来回就是十千米哦。"

"十五分钟跑完十千米就是时速……时速……"警部额头冒汗，呻吟着说，"总……总之，这不是全然不可能的事情！"

"那个，警部。"坐在旁边的丽子轻咳一声，对不擅长计算的上司悄声耳语"是时速四十千米"。警部恍然大悟，脸上一亮，再度转头面向嫌犯。

"以时速四十千米,就可以在十五分钟内往返两家,只要开车就能犯案了。"

"或许你说得对,不过很不巧,我不能开车,因为我根本就没有驾照。您可能会觉得我在说谎,可这是真的。我可以若无其事地骑着自行车在赛车场的倾斜坡道上疾速飞驰,却很怕在一般道路上开车。要是撞到了人该怎么办?"

"你问我我问谁……你真的没有汽车驾照吗?"

"是的。不光是我,其实内人也没有驾照,所以院子里并没有停放自用轿车,不是吗?我家根本就没有车啊。"

没有车跟驾照,所以不可能以时速四十千米往返现场与自家,平泽是这么说的。不过,也常常有高中生无照驾驶,没车的话,想办法弄来就是了。再说,他又是个前自行车赛车选手……

"骑自行车其实是有可能达到时速四十千米的。"

平泽听了丽子下意识脱口而出的话,不悦地瘪着嘴。

"您说得倒简单,时速四十千米可是一流公路竞赛选手才跑得出来的速度哦。我是自行车赛车选手,但不是公路竞赛行家,没有接受过以这种速度骑十千米的训练。刑警小姐,你懂了吗?简单来说,自行车赛车选手是短跑选手,公路竞赛选手是长跑选手。而且——"

平泽摸着自己的肚子露出自嘲的微笑。

"我已经退役两年多了,体能当然会衰退。活力充沛的现役时期也许有可能,现在的我绝不可能以时速四十千米跑完十千米的距离。"

是这样吗？丽子对自行车不了解，沉默不语。警部接着发问：

"你现在已经完全不骑自行车了吗？"

"没有不骑，只是当作兴趣偶尔骑骑而已。"

"所以你有自行车喽。"

既然如此，风祭警部从沙发上起身，"可以让我们看看你的自行车吗？"

"嗯，没问题——"平泽健二带着两名刑警走出客厅。

自行车是停放在家门前或仓库旁的东西，丽子心中存在着这种先入为主的观念。不过，自行车似乎也是多种多样。平泽健二带着刑警们来到一楼的某个房间。铺着木地板的雅致空间似乎是他的私人房间。架子上摆放着许多奖杯，自行车相关书籍塞满书架。

这个房间的墙边停着一辆自行车。不，应该说是刻意展示吧。在丽子看来，擦得光亮的自行车仿佛精致的工艺品或美术品。

"哦，好棒的公路竞赛车啊，"警部仿佛正用眼神舔一般打量着这辆自行车，"跟我在骑的很像。也就是说，这一辆大概一百二十万左右吧。"

"不不，没有那么贵啦，"出自警部口中的离谱金额令平泽目瞪口呆，"不过，我的也要三十万左右就是了。"

"哎呀，三十万的车也很不错哦。"

警部，怎么？您刚才是在假装不经意地自吹自擂吗？您只是想吹嘘自己的自行车价值一百二十万吧？丽子对警部的厚颜无耻瞠目结舌。

警部并未注意到丽子的表情，蹲下来仔细观察公路竞赛车的各个部分。

"警部，怎么样？发现什么可疑之处了吗？"

警部听到平泽语带挑衅，霍地起身，满脸笑容地回答：

"不，什么都没有。胎纹被擦得干干净净，沟槽里没有泥沙，脚踏板上没有污垢，把手上没有指纹，什么都没有。保养得真是无微不至呢。"

"湮灭证据"一词差点就要从警部嘴里窜出来了。

"哈——哈哈，"平泽以干笑回应警部的冷嘲热讽，"就是说啊。别看我现在这样，毕竟我也是前职业选手，对自行车的保养自然相当讲究。好了，刑警先生，已经可以了吧？内人和女儿快要回来了。"

平泽拐弯抹角地下逐客令。两名刑警心不甘情不愿地前往玄关。风祭警部恭敬有礼地向平泽道别：

"那我们就此告辞。不过，我们近期还会再来，到时候还请多多指教。"

"是吗？请务必再度光临寒舍。"

他的口吻跟说出口的话相反，强烈透出"不要再来"的意思。

两位刑警就在踏出平泽家玄关时，正好迎面碰上一名浓妆艳抹的女性。女性右手提着超市塑料袋，左手牵着身穿幼儿园制服的可爱女孩。

化浓妆的女性肯定是平泽健二的妻子江里子，幼儿园小朋友则是女儿美奈。

"哎呀，你好你好，"风祭警部对眼前的女性露出拿手的笑容，"你就是夫人吧？不好意思，你不在时我们还来叨扰。刚从幼儿园回来吗？每天接送真是辛苦呢。顺便请教一下，令嫒几岁了呢？哦，五岁啊。念哪家幼儿园呢？"

"呃，那个，小女上的是'海鸥幼儿园'……在立川市那边……"

江里子含糊地回答，同时以目光询问丈夫：这个装模作样的男人是谁啊？

江里子无言的发问似乎正确传达给丈夫健二了。"这两位是国立市警署的刑警。"平泽健二指着警部与丽子解释说。然后健二简洁地告知江里子佐佐木澄子被杀害的事。

"咦，真的吗？"江里子惊讶地大叫，不过跟健二刚才一样，她的反应似乎也有些矫情。丽子意识到这已经不是自己的错觉了。

对这对夫妻来说，佐佐木澄子的死恐怕不是值得惊讶的事情。

"我刚回答完刑警们的所有问题，现在他们正准备回去。这下正好，你送他们到门口吧。"

"好的。那么刑警先生，请往这边走。"

平泽夫妻凭借着完美的默契，合作送走了警部与丽子。

"那我们告辞了。"丽子无可奈何只好向江里子道别。风祭警部拍拍戴着黄色帽子的美奈的头，面露假笑说："再见啦，小姑娘。"

美奈对身穿白色西装的警部挥动小手，说出没有任何虚假、很符合五岁小孩会说的话：

"——拜拜，穿着白色西装的怪叔叔！"

4

"在那个年龄的女孩子眼里，我是个大叔吗？"

风祭警部一面不满地唠叨，一面坐进便衣警车的驾驶座，马上用后视镜确认自豪的笑容。"嗯，怎么看都只是个帅气的大哥哥啊……那孩子视力不好吗？"

"这个嘛，谁知道呢？"

不，视力非但很好，甚至还称得上眼光卓越呢，丽子敬佩地心想。居然在第一次见面的瞬间，就看出警部是个怪人，不愧是五岁的女孩子。像她这么聪明的女孩，将来大概不会遭受虚有其表的有钱人荼毒吧。不过这姑且不提——

"平泽健二声称的不在场证明，有必要进一步查证呢，警部。"

"当然。他提出的不在场证明太不自然了。福田、松下这两名友人也有点可疑。简直就像是犯人为了制造不在场证明而事先准备好的证人。"

警部一边道出这些疑惑，一边驾驶着便衣警车前往下一个目的地。

到这天傍晚为止，刑警们依序拜访福田与松下，并取得了他们的证词。

两人的证词与平泽健二供称的证词几乎一致。他们跟健二共同度过了昨晚七点到十一点的四个小时。不过晚间九点左右，健二为了抽烟而消失在他们面前。这段时间，两人与健二的妻子江里子谈天说笑。大约十五分钟后，健二再度回到他们面前。健二从两人面前离席总共就只有这十五分钟的时间而已——

到这里为止，两人的证词跟平泽健二供称的分毫不差。不过，福田跟松下的证词之中也包含了平泽健二没有提及的部分。他们分别说的话几乎完全一样：

"抽完烟回来的健二不知道为什么气喘吁吁，满头大汗。而且他还故作镇静，好像不想让我们发现。"

不用说，丽子与警部一得到这个信息，顿时喜形于色。两位刑警结束对证人的讯问后，再度回到警车内。风祭警部高兴地开动车子，随即询问副驾驶座上的丽子：

"宝生，你知道抽完烟回来的健二为什么气喘吁吁吗？"

知道是知道，不过警部您终究是想自己说吧？

"不知道的话，就让我来告诉你吧，"一如丽子的想象，警部得意洋洋地说出答案，"这十五分钟他并不是悠悠哉哉地抽烟去了，而是拼了命地踩着自行车啊。当然，是为了杀害佐佐木澄子！"

推理极其普通，很有风祭警部的风格。虽然不是特别出色，却也让人无法反驳。既然如此，接下来我们该做的就是在五日市市区沿街打听吧。正当丽子这样思考时——

"接下来我们该做的就是在五日市市区沿街打听，"警部把丽子的想法完全说了出来，"昨晚九点左右，平泽健二骑着公路竞赛车往返五日市干道，当时肯定有人目击到了他的行踪。好，我们走喽，宝生！"

目标是五日市干道。警部大声宣告，用力踩下警车油门。载着两名刑警的车甩动车尾，疾速奔驰。

当天晚上，五日市市区的街道上出现了两名拼命打听情况的刑警。

这两人正是丽子与风祭警部。他们一个接一个拦下返家途中的上班族与学生，烦人地一再重复同样的问题：

"昨晚你在这条路上看见过骑着公路竞赛车疾驰的可疑人物吗？"

可是两人的打探却没有什么成果。对于出示警察手册搭腔的刑警，赶着回家的人们只是明显地露出嫌麻烦的表情。于是风祭警部索性隐瞒警察的身份。"啊啊，等一下，那位小姐。"

听到有人冷不防地从暗处出声叫住自己，年轻女性不知道是误会了什么，只见她一边大喊"警察先生！"一边飞奔离去。她似乎是去找警察了。

"真——真没礼貌，我就是警察啊！"警部深受打击，面红耳赤地猛跺脚，"我这个国立市警署引以为傲、前途一片大好的精英看起来像变态吗？"

"不，一点都不像……"

与其说变态，被当成黑道分子的可能性更高，丽子心想。警部身穿的白色西装，是帮派电影里被子弹打死的黑道老大常有的打扮。当然，丽子不可能对上司说出这种话。

"啊——不说这个了,警部,您看。"丽子指向前方,转移话题。

夜晚的街道旁有家大放光明的便利店。从地图上看,这一带是国分寺市边缘地带,再往西前进一点就是立川市。有三名男子正单手拿着罐装啤酒蹲在便利店昏暗的停车场一角。

其中一人穿着红色无袖背心,另一人穿着印有骷髅图案的T恤,最后一人肩上披着有点脏的牛仔外套。乍看之下,这三人像是学生或打工族。

不只是国分寺,全日本的便利店外头,都看得到这种稀松平常的光景。不过这些闲得发慌的年轻人拥有一项特殊技能。只要有朋友跟罐装啤酒,他们就能在什么都没有的停车场内轻松打发时间,不管是一小时还是两小时。因此,他们看到路上行人的机会也多,也许能提供有力的证词。

警部似乎瞬间理解了丽子的意思。他马上踏进停车场和蹲着的三人搭腔。

"啊啊,不好意思,方便跟你们打听一下吗?"

"啥?"看似三人老大的红色无袖背心男,目光怀疑地仰望警部,"什么,穿白衣服的怪大叔你要干吗?"

年轻人的话似乎激怒了警部。只见警部突然从胸前口袋内掏出警察手册,然后将它举到距离对方的脸只有几厘米的地方,露出犹如爬虫类的笑容。"喂,你可以再说一次吗?你说谁是大叔?五岁小孩倒还可以原谅,但你们,我可绝对不会轻饶!"

啊啊,警部,您果然还是对美奈那番话耿耿于怀啊——丽子偷偷在心中轻声这么说，然后冷静地劝谏上司：

"请您住手，警部。恐吓一般市民也太不像样了。"

"是吗？这么说也有道理。"警部慢吞吞地收起警察手册。"嗯——话说回来，宝生，你刚才说什么了？"

"说什么了——我说'恐吓一般市民也太不像样了'。"

"不对不对，是前一句，前一句。"

"前一句？"丽子彻底理解了他的意图，"'请您住手，警部'。"

没错，就是这个，风祭警部点了点头，带着得意的微笑低头看着三人。看来他似乎只是想让眼前的三人知道自己正式的头衔。实际上也是效果立见。三人一改之前的态度，同时站起身来。

"警——警部？""真的是警部先生？""这个怪大……这个帅气的大哥吗？"

我说你们也太夸张了吧。擅于逢迎拍马的三人让丽子不禁傻眼。而风祭警部满意地点了点头，总算进入正题。所谓正题就是打听消息。

"昨晚差不多现在这个时间，你们该不会也在这里吧？"

三名男子仿佛三只并列的鸽子般上下摆动脖子。

警部得到意料之中的反应，轻声叫道："宾果！"

"好，那真是太好了。那我问你们，昨晚你们看到过骑着自行车在这条路上奔驰的可疑男子吗？"

"是，自行车是有好几辆啦——不，我们看到过自行车经过，警部先生。"

红色无袖背心男连忙订正语气，警部仿佛说着"很好"似的点了点头。

"我们正在找的不是满街跑的淑女车,而是自行车迷会骑着兜风的竞赛自行车。大概可以用跟汽车相同或是更快的速度奔驰在马路上。怎么样?你们有印象吗?"

三人听完警部所说的话,表情瞬间同时产生变化。

"啊啊,这么说起来。""看到过呢。竞赛自行车。""嗯,还骑得很快呢。"

"就是那个,"警部耍帅地弹响指头,"那辆自行车是往哪个方向骑的呢?"

穿着骷髅T恤的青年代表其他人,伸出一根手指指向东方。

"那辆竞赛自行车从这边骑来——"青年又将指尖朝向西方,"然后往那边骑去了。"

由东往西——也就是从国分寺前往立川一带。换言之,那辆自行车以飞快的速度从嫌犯家骑往被害者家。

"骑自行车的是个什么样的人?"

"这个嘛,那个人戴着安全帽,而且又是瞬间发生的事情,我们不可能连脸都看得一清二楚。体格好像很壮,大腿也粗得吓人,那绝对是职业选手啦。身上穿的也是职业自行车赛车选手会穿的贴身运动衣和五分裤。不会错啦——不,错不了的,警部先生。"

"不用客气,被问到什么老实回答就是了,"警部依序看着三人的脸,然后提出关键问题,"你们是在昨晚几点看到那辆竞赛用自行车的?"

三人把脸凑在一起密谈了一会儿,然后自信满满地回答:

"刚好就是现在。""晚上九点左右。""嗯，的确是这样。"

"这样啊。"警部重重地点了点头，然后转身面向丽子。"听到了吗？宝生，"他发出难抑的笑声，"错不了的。他们看到的自行车正是平泽健二的竞赛自行车。昨晚九点他果然去了佐佐木澄子家。什么在自家阳台抽烟根本是彻头彻尾的谎言。"

看来的确是这个样子。不过时间只有十五分钟。把花在杀人等事情上的时间也考虑进去的话，实际上能用来赶路的时间不足十五分钟。在这么短的时间内，平泽健二真的有办法在平泽家与佐佐木家之间来回吗？丽子抱着这个疑问主动询问三名男子：

"竞赛自行车只经过你们面前那么一次吗？还是说……"

三人之中个子最矮、披着牛仔外套的青年战战兢兢地举起一只手说：

"不，我还看到了一次。竞赛自行车从对向车道骑过去，速度跟第一次一样快，我想大概是同一个人。只不过这次跟之前方向相反，是从那边骑向这边。"

披着牛仔外套的青年手指从西边移向东边。也就是从立川到国分寺。这样的话，他目击到的竞赛自行车很可能就是从佐佐木家折回平泽家的平泽健二骑的。丽子向披着牛仔外套的青年问道：

"那是你第一次看到竞速自行车后过了大约几分钟的事情呢？"

"这个嘛，我想应该是在第一次看到后过了五分钟。"

"什么，五分钟！"风祭警部吊起嗓子问，"你是说平泽健二只用了短短五分钟就回来了吗？这怎么可能？是不是有哪里搞错了?"

三名男子听了警部难掩惊讶的话语,理所当然地歪着头问:"平泽?""健二?""那家伙是谁啊?"

啊啊,警部,这样不行啊,怎么可以泄漏嫌犯的名字……

"呜——不,不管是谁都无所谓!跟你们无关!"

警部惊慌失措地对三人叱喝一声,掩饰自己的失言。然后他嘟嘟囔囔地自言自语,在普通百姓面前透露了自己的想法:

"不过,这就奇怪了……这家便利店距离平泽家大约一千米……就当从这里到佐佐木家还有四千米好了。所以来回就是八千米……十五分钟往返十千米的话是时速四十千米……这已经相当困难了,可是五分钟往返八千米的话就是……时速……时速……"

警部额头冒汗,呻吟着说:"总……总之非常困难!"

丽子咳两声清了一下嗓子,小声对他说:"是九十六,警部。时速九十六千米。"

时速接近一百千米。没有这么快的速度,就无法在五分钟之内往返这家位于国分寺的便利店与位于立川的佐佐木家。这是自行车绝对无法实现的速度。

平泽健二是如何成功地杀害佐佐木澄子的呢——

5

丽子说到这里后,偷窥似的斜眼观察影山的表情。

在摆放着许多自行车的车库内,身穿西装的管家坐在大小适中的登山车坐垫上，盘起双手一动也不动。他那倾垂的侧脸仿佛沉浸于思索的哲学家。他似乎在很认真地倾听丽子讲述案件概要。就在丽子这么想时——

影山伸得直挺挺的膝盖突然咔啦一声弯曲，他跨坐在坐垫上的臀部咻地滑了一下。影山连忙用力踏稳双脚，重新调整姿势。

"嗯？"丽子一瞬间搞不清楚状况，什么话也说不出来。然后她疑惑地看着眼前的管家。"影山，你刚才在打瞌睡吧。不行喔，别想掩饰过去。"

"打瞌睡？您说我吗？"影山深感意外似的猛烈地摇了摇头，"不，没有的事。我并没有机灵到可以边睡觉边听大小姐讲话。"

"这跟机不机灵没有关系！"丽子正严厉色地断言，"你刚才就是睡着了！老实承认吧，不干不脆的家伙！"

影山见丽子双手叉腰穷追不舍，用手指推着眼镜拼了命地辩解：

"不，我并没有睡着。大小姐说的话太无聊了，所以我的注意力才会瞬间涣散。就只是这样。"

"什么叫'就只是这样'啊！我说的话很无聊，还真是对不起哦——呃，"丽子下意识地露出正经的表情反问，"你是说哪里无聊？世界上哪有这么奇怪的事情啊。依照计算，平泽健二可是骑着时速一百千米的自行车杀了人哦。这简直就是奇迹嘛。"

"嗯，所以大小姐才想要寻找最快的自行车啊。"

"嗯，是这样啦……"

影山见丽子含糊其辞，莞尔一笑。"大小姐，您这是白费工夫。"

"什么?"丽子气得不禁吊起眼角,"你说白费工夫是什么意思啊?"

不过影山若无其事地对丽子丢出问题:"话说回来,大小姐,平泽健二及江里子夫妻没有驾照,也不会开车对吧?"

"嗯,这点似乎错不了。什么跟谁借车啦,偷偷练习开车之类的,完全没有证据表明他们做过这类事情哦。"

"搭出租车往返两家的可能性也可以排除吧?我认为这种可能性微乎其微。"

"当然,这点也已经跟出租车公司确认过了。再说,你觉得有哪个杀人犯会光明正大地搭出租车去杀人现场啊?平泽健二没那么愚蠢。他用非常狡猾的诡计制造不在场证明,最后终于杀死了佐佐木澄子。他通过我跟风祭警部想象不到的方式,成功完成了乍看之下不可能的杀人计划。"

影山见丽子挥舞拳头极力表明自己的观点,点了点头说:"原来是这样啊。"然后他无奈地缓缓摇头,怜悯地看着丽子。"恕我冒昧,大小姐。"

"嗯——什么啦?"丽子一脸困惑地反问。

管家影山冷不防说出辛辣言论:

"警部一味地沉迷于破除这无谓的不在场证明,确实很糟糕,但跟着起哄的大小姐,跟风祭警部旗鼓相当呢。"

影山的声音回荡在宽敞的自行车专用车库中。出自他口中的狂妄之语，宛如山中回声般，反复回响于丽子耳中。"旗鼓相当旗鼓相当……"

"旗鼓相当？"丽子仿佛为了甩去讨厌的回声般左右摇头，用双手捂着耳朵大叫，"你——你说什么！竟——竟敢说我是跟风祭警部旗鼓相当的笨蛋！别——别开玩笑了，谁——谁是笨蛋啊，谁！"

"大小姐，我从来都没有说过'笨蛋'两个字……"

"等于是说了！跟风祭警部旗鼓相当一定是这个意思啊！我说得没错吧，影山？"

"是……是……这个嘛，您说得是，意思的确接近。"

丽子怒气冲天，影山也只能毕恭毕敬地点头。受到最大侮辱的或许是风祭警部，但丽子不管这一点。她逐步逼近管家，一心想知道他这番狂妄发言的真意。

"你说'破除无谓的不在场证明'是什么意思？破除平泽健二的不在场证明哪里'无谓'了？这是最重要的事情吧？"

影山用手按着镜框说："很遗憾，那并不是重点。"然后他断然地摇了摇头。丽子不服气地瘪起了嘴。

"我完全不懂你说的话是什么意思。"

"那么我请问大小姐，您当真认为，案发当晚平泽健二确实以近时速一百千米的速度踩着自行车吗？"

"嗯？"丽子被影山郑重其事地这么一问，不禁结巴起来，"不……不，我当然知道不可能有这种事情啦……"

"就是说啊。我听您这么一说，就放心了。"影山一副松了口气的样子。

"嗯——你说放心我也会觉得很为难的。"

这男人到底有多么瞧不起我啊？丽子心想，忍不住生起气来。

"影山是怎么看待这起案件的？平泽健二确实应该往返了自家与被害者家。可是，如果以自行车为工具，不管再怎么努力都来不及吧。话虽如此，他也不可能利用私家车或出租车。难道还有其他方式吗？"

影山听了丽子的问题，露出严肃的表情回答："当然是用自行车。"

"但竞赛自行车骑不了那么快啦……"

"不，不是用竞赛自行车，"影山打断丽子，在她面前竖起一根手指，"平泽家应该还有另一辆特殊的自行车。"

"另——另一辆特殊的自行车——那是什么？比竞赛自行车还快吗？"

丽子被挑起了强烈的好奇心，于是催促影山继续说下去。影山站在车库中央，对着丽子悠然地讲述他的推理。

"请您仔细想想，大小姐。平泽家有个上幼儿园的美奈。那个美奈就读的'海鸥幼儿园'是在立川市吧。"

"是啊，江里子在玄关前是这么说的。"

"另一方面，您询问那三个人的便利店，位于国分寺市边缘，距离平泽家约一千米远。幼儿园则位于比那里更西面的立川市，所以距离平泽家就更远了。也就是说，平泽家和幼儿园应该相隔有一千米以上。是这样吧，大小姐？"

"是——是啊。的确是这样——唉，你是在说什么啊？"

"是在说自行车的事情，"影山若无其事地继续说，"平泽家和幼儿园相隔一千米以上。距离这么远，母亲应该很难每天步行接送小孩吧。母亲应该拥有一辆用来接送小孩的自行车。"

"或许是这样——呃，等一下，影山！你说平泽家还有另一辆自行车，难不成是——"

"是，就是您说的难不成，"影山认真地说，"大小姐跟风祭警部太关注健二的竞赛自行车，忽略了江里子拥有的淑女车了。"

丽子听了影山意想不到的话，哑口无言了。

淑女车——那是价格低廉、缺乏设计感的通勤自行车统称，多半是家庭主妇平常外出购物时使用。实际上不只是妈妈，单身女性、上班族、学生、不良少年也经常骑乘，可说是大众化的交通工具。

"淑——淑女车！"丽子忍不住大叫，"你——你在说什么啊，影山？怎么可能会有淑女车跑得比竞赛自行车还快嘛！"

"是。的确，世界上不存在如此高性能的淑女车。"

影山一本正经地点了点头。"不过，江里子的淑女车应该具备了一项竞赛自行车所没有的特殊性能。犯人在本次案件中正是活用了这项性能。"

"特殊性能？这是什么意思？难不成江里子的自行车搭载了涡轮引擎吗？"

"您的想法非常有趣，可是却错得离谱，"影山干脆地驳斥了丽子，道出自己的推理，"江里子的淑女车是用来载送幼儿园儿童的。既然如此，那台淑女车应该备有自行车专用儿童座椅。"

"自行车专用儿童座椅……"丽子听了影山的话恍然大悟,"我经常在路上看到把儿童用的小椅子固定在后座货架上的自行车呢。"

"是,就是那个,"影山满意地深深地点了点头,"大小姐,被害者佐佐木澄子是个身材娇小的老妇人。犯人能不能先杀害她之后,再将尸体放进自行车的儿童座椅里运送呢?"

丽子在心中描绘着老妇人坐在自行车儿童座椅上的模样。丽子不用多大工夫就很自然地想象出那个景象。

"不是不行。自行车专用的儿童座椅上设有椅背,也有固定孩童身体的安全带,说不定很适合用来搬运娇小的女性尸体……咦?可是,这是怎么一回事?难道佐佐木澄子不是在自己家,而是在平泽家被杀害的吗?她在平泽家被杀害,然后被放上儿童座椅,运送到自家吗?"

"正是如此。"管家从容地点了点头。

"那——那是什么时候的事情?"

"犯人下手行凶应该是在死亡推测时间的晚上九点。不过,用淑女车搬运尸体却是更晚之后的事情。恐怕是在路上不见行人往来的深夜时分吧。"

"如果是这样的话,那三人的证词又怎么说呢?案发当晚九点左右,他们目击到在五日市干道上猛冲的竞赛自行车。这到底是怎么一回事呢?"

"啊啊,大小姐!"管家缓缓地摇了摇头,"骑乘那辆竞赛自行车的确实是平泽健二,可是那只不过是所谓的'掩人耳目'罢了。

因此，不管他的自行车在几分钟内跑了几千米，都跟案件的本质没有任何关系。我就是因为大小姐只关心如何破除这种不在场证明，才会说大小姐跟风祭警部旗鼓相当——"

你还敢说！丽子虽然感到相当恼火，但终究还是无法反驳。

"这次佐佐木澄子被杀害一案，应是平泽夫妻所为。丈夫平泽健二大概是主犯，妻子江里子是共犯吧。不用说，动机当然是觊觎遗产。健二从自行车赛车界引退后找不到固定工作，于是企图杀害阿姨佐佐木澄子，借此继承不菲的遗产。"

在摆放着各种新奇自行车的车库中央，影山平静地说明案件的概要。

"案发当晚，福田、松下这两名客人被请到平泽家。此二人必定是健二为了确立自己的不在场证明而故意找来的。这点就跟风祭警部推测的一样。只不过，什么骑乘竞赛自行车奔驰在五日市的街道上，杀害佐佐木澄子后再全速折返自己家里，平泽健二所想的并非这种高风险的犯罪计划。"

"犯罪是在平泽家中悄悄发生的吧？在客人没注意到的情况下。"

"正是如此。那天晚上，平泽夫妻大概找了佐佐木澄子到自己家吧，又或者是把人强行绑走。无论如何，案发当时，被害者就在平泽家中，平泽没必要特地跑到立川杀人。晚上九点左右，平泽健二借口抽烟，暂时消失在客人面前。接着在江里子应付客人的这段时间，健二前往平泽家中的某个房间，杀害了佐佐木澄子，然后把尸体放进事先搬入屋内的淑女车上的儿童座椅上——大小姐，您明白他们是什么用意吗？"

"是死后僵直吧。"丽子马上回答。

她好歹也是现任刑警，刑事学知识还是有一点的。"平泽健二杀了人之后，要等到几个小时之后的深夜，才会将尸体运送至佐佐木家。如果是夏天的话，人死后三四个小时尸体就会开始僵硬。如此一来，就很难把僵硬的尸体放进儿童座椅了。所以平泽健二才会在杀了人后马上进行这项工作。他以前是自行车赛车选手，身体壮硕，就算靠他自己一个人，也能将矮小老妇人的尸体放进儿童座椅。"

"不愧是大小姐，您回答得真是完美无缺。"

管家给予肉麻的赞美。把奉承话当真的丽子兴高采烈地继续说道：

"平泽健二结束这项工作后，故意骑自行车往来五日市干道一趟。为了所谓的'掩人耳目'。"

"正是如此。平泽健二骑着自行车疾驰，假装是要前往杀人现场的样子，不过，他并没有真的抵达佐佐木家，而是随便找个地方就折返了。实际上，不管脚力有多强，他也不可能在十五分钟内往返十千米，而且他还要花时间杀人。犯人的目的，正是要营造出这种不可能的事情好像真正发生过的错觉。事实上，风祭警部就被平泽健二的异常行动所惑，断定凶手是利用竞赛自行车犯案的，结果完全忽略了江里子的淑女车。"

就连丽子自己也没留意到江里子的淑女车。原来如此，怪不得会被揶揄成跟警部同一个等级，丽子心不甘情不愿地想。

"那么，放在淑女车上的尸体是在深夜偷偷运送的吧？"

"是的。儿童座椅上的尸体身穿蓝色羊毛衫及深棕色长裤，此外，头上大概还戴着小孩用的安全帽。虽然矮小的老妇人尸体实在不像幼儿园孩童，但看起来应该也和个头较大的小学生相去不远。至少，路上行人谁也想不到有人会用淑女车载着老妇人的尸体吧。骑乘淑女车的，应该是体力较好的平泽健二。当然，他不需要猛踩自行车，只要不疾不徐地确实将尸体送到佐佐木家就行了。他为了将风险降到最低，大概选择了车流量最少的凌晨三点运送尸体吧。"

"的确，这种可能性很高——嗯？"

这时，丽子突然察觉到某件事情。"等一下，说到凌晨三点，那距离晚间九点的案发时刻已经过了大约六个小时。这样的话，放在儿童座椅上的尸体应该变得相当僵硬了才对——啊，原来如此。"

这时，丽子心中保留到现在的一个疑问突然间得到了解答。

"我知道了！所以在食堂里，佐佐木澄子的尸体才会被放在儿童座椅上啊。"

"正如您所想，大小姐。"

正确答案——影山仿佛这么说似的对丽子展露微笑。"佐佐木澄子的尸体被置于自行车儿童座椅后逐渐僵硬。这个尸体恐怕是以很不自然的蜷缩的姿势硬化的。如果就这样把尸体放在地板或一般椅子上，看起来一定会相当不自然。因此，放在儿童座椅上才是最好的掩饰方式。所以平泽健二才会这么做吧。"

"也就是把尸体从自行车的儿童座椅换到食堂的儿童座椅上——犯人的行动确实合乎逻辑，并不是'对死者的亵渎'之类的无意义行为。"

"是的。一切都是出于犯人的私利。"

影山恭敬地行了一礼，结束全部推理。

当然，没有人能保证影山的推理全是正确无误的。不过的确有方法可以验证。影山自己指出了这一点：

"重点在于寻找目击证人。之前大小姐与风祭警部似乎都倾注精力寻找晚间九点目击到竞赛自行车的人，不过那样是解决不了问题的。真正应该寻找的，是在案发当晚深夜时分目击到可疑淑女车的证人。"

"看来是这样。不过找得到吗？"

"当然，就算是交通量再少的时间段，路上也不可能半个行人都没有。午夜才回家的上班族、熬夜的大学生、每天固定在深夜散步的推理作家……诸如此类，能寻找得到的人多的是。其中一定有人曾在深夜目击淑女车。这些人是解决案件的关键，不是吗？"

"是啊。你说得没错。"

丽子用力点了点头，然后轻声说："这样下去可不行。"人的记忆只要过了一晚就会变得模糊，而且今晚路过的人未必明天还能碰到。寻找目击者是跟时间的竞赛，今天晚上可不能就这么白白浪费掉。

丽子走向车库门,宣告说:

"影山,我现在要去五日市干道。"

"呃,现在吗——难不成是骑自行车?"

"怎么可能嘛!"丽子斩钉截铁地断言,"不用管自行车了,快去准备四轮的车子。今晚我要找出目击者。啊——当然,影山也会帮我的忙吧?你总不会让柔弱的大小姐独自站在深夜街头吧?毕竟你是我忠诚的管家啊。"

丽子在车库门口停下脚步,以试探的眼神看着影山。在丽子的视线前方,她忠诚的管家面无表情,然后恭敬地行了一礼。

"是。当然,请让我同行,大小姐。"

影山露出仿佛打工小弟突然被命令要加班的表情,"唉"地轻声叹了一口气。

第五部　她被夺走了什么呢？

1

立川车站北口。沿着充满开放感的空中回廊往伊势丹方向前进，途中有一家咖啡厅。这家自助式咖啡店呈狭窄的细长形，窗户几乎都是整面玻璃。因此，走在回廊上的行人可以将店内的情况尽收眼底。细长的吧台边坐着一排喝着饮料开心聊天的客人。这个景象有几分像是电线上排成一列叽叽喳喳的麻雀。

现在是七月。漫长的梅雨季已经结束，如今是盛夏阳光宛如尖枪般投射而下的季节。玻璃窗后方的客人都用吸管啜饮着冰凉的饮料。

"与其说是麻雀，倒不如说是喝水的鸟群吧。"

说这话的女性名叫水野水鸟——不对，是叫水野理沙。她住在立川市旁的国立市，是个闭月羞花的女大学生。因为某些不得已的原因，理沙在星期日白天来到立川。她处理完几件事情后，已经极为疲惫了。然而日光仿佛追打着她一般，毫不留情地直射过来。结果她彻底输给暑气与口渴，决定加入玻璃窗后排成一列喝水的鸟群。

理沙推开咖啡厅的门进入店内。冷气很强的空间舒适得宛如另一个世界。

理沙在收银台接过冰咖啡后，在狭长的店内四处张望，寻找空出来的座位。这时，她跟坐在吧台边一位戴着眼镜的女性偶然对上了眼。

黑色长发上戴着白色发箍。长及脚踝的连身洋装。红色皮带突出纤细的腰身。胸前挂着银色坠饰，脚踩红色高跟鞋。清纯的模样散发着一股独特的气质。

理沙缓步走向这位似曾相识的女性。"什么嘛，果然是木户学姐啊。居然会在这种地方见到你，还真是稀奇呢。"

"哎呀，水野同学，"木户小姐手指轻轻贴在无框眼镜上，抬起双眼注视着理沙，"真的好巧哦。今天怎么会来立川呢？是来买东西吗？"

"哇，答对了！你怎么知道？"理沙真诚地高声惊呼。

"怎么知道……因为你看，购物袋有一个、两个、三个……"

"啊，对哦。"理沙双手提着总计四个购物袋。

简单来说，这个让她在大热天的立川四处徘徊，直到疲惫不堪的"不得已的理由"，只是从这个礼拜开始的夏季出清大甩卖而已。

"可是可是，夏装最多打四折哦，学姐！明明夏天从现在才要开始，价格却已经掉到半价以下了！啊——我可以坐你旁边吗？"

"嗯，当然。"学姐刚回答，理沙已经在那张椅子上坐下了。

被称为学姐的女性无奈地苦笑着啜饮眼前的冰红茶。她名叫木户静香，是跟水野理沙同大学同系的女大学生。而且跟理沙一样隶属于电影研究会，高理沙一届。

木户静香是个拥有白皙肌肤与亮丽黑发的美女。眼镜底下的一双大眼充满知性光彩，小巧的鼻子与拘谨的双唇给人一种温驯的印象。比起午后明亮的校园，她似乎更适合日暮时分的图书馆。带着这种梦幻气息的她，是总在不自觉间会破坏梦幻气息的理沙所憧憬的对象。这也难怪。人总是会向往跟自己完全不同的人。

可这只是理沙单方面怀抱的情感。木户静香是否对理沙怀有这样的憧憬就很难说了。应该说，八成连一丁点都没有向往过吧……

"学姐，你今天来是有什么事情吗？啊，难道是跟杉原学长约好了要碰面？"

所谓的杉原学长是指电影研究会另一成员杉原俊树。他跟木户静香是社团公认的一对。然而静香却干脆地摇了摇头。

"杉原同学？不对不对，不是那个啦。"

杉原学长，你被女朋友说成"那个"哦，这样好吗？

理沙代替不在场的杉原俊树逼问静香：

"要不然是什么？也是来购物吗？是要抢四折大甩卖吗？"

"嗯——不是为了这件事，该怎么说才好呢……"

静香犹疑不定地将手指贴在眼镜上。然后她再度抬起眼来注视着理沙。

刹那间，理沙大为震撼。那是因为静香对理沙投来理沙从未见过的娇媚眼神。镜片底下的眼眸看起来好像带有水气的光辉。被这种眼神盯着瞧的话，大部分男性都会沦陷。不，就连身为女性的理沙也不敌妖媚眼神的魅力，忍不住想要大喊"姐姐——"

扑进那对丰满的胸脯。

我有这么欲求不满吗？理沙对自己邪恶的愿望感到有些不安。我就算平常再怎么没有男人缘，也不应该会被同性的学姐吸引。不过，如果能够让大家赞赏最近突然变漂亮的木户学姐，不，是让静香姐姐治愈内心孤独的话，来一段禁忌的关系或许也不坏……以现阶段来说或许反而更好……

静香无视恣意妄为地沉湎妄想之中的理沙，目光瞬间扫过左手腕上的手表。"那我先走了。"

静香突然拿着粉红色包包从座位上起身。冷不防被打断妄想的理沙连忙抬起头来。

"咦？姐姐……不对，木户学姐已经要走了吗？"

"嗯，对不起。那么下次电影研究会的社团教室见。"

憧憬着什么的木户静香学姐轻轻地挥了挥右手，将那只手伸向喝完的红茶玻璃杯。可是不知道为什么，她那试图抓住玻璃杯的右手却抓空了。她第二次才抓到玻璃杯，害臊地露出微笑，然后说了声"再见喽"，便转身离开吧台。

"唉。"理沙轻轻叹了口气，用吸管搅动眼前的冰咖啡。

——啊啊，结果还是没问出学姐来立川做什么。

这时，垂头丧气的理沙背后突然传来猛烈撞击地板的声音。理沙连忙回过头去。结果呈现在她眼前的景象令她大感意外——

她爱慕的学姐以有失体统的姿势倒在咖啡店的通道上。

学姐，你在干什么啊？

不过理沙不可能当面这么问静香。理沙仿佛忽然有了武士的慈悲，假装视而不见。坐在吧台座的众多客人也几乎都如此。店内莫名其妙地变得鸦雀无声。而木户静香缓缓起身，慌慌张张地拾起掉落的包包，步履蹒跚地开门踏出店门。

理沙将视线移向玻璃窗外。

"嗯？"理沙不自觉地被突然映入眼帘的奇妙景象吸引。

玻璃窗另一边有个身穿红色夏季礼服的美女。她脚踏细高跟鞋，步态优美，坦荡荡地在人潮中前进。她身后有个西装笔挺的男人，双手抱着堆得像小山一样高的物品。这两人仿佛大富豪的千金小姐与奉命陪同购物的管家。

不过理沙马上摇了摇头。

"怎么可能。立川也许有千金小姐，但绝不可能有什么管家。"

——不管这个了，学姐呢？理沙重新在回廊的人潮中寻找静香的身影。

不过木户静香已经走远了。在空中回廊的另一头，学姐的背影变得越来越小。相较于刚才的红色礼服美女，学姐的脚步显得有点软弱无力——

2

有人在国立市青柳发现年轻女性横死的尸体是在礼拜一上午。

宝生丽子前几天趁着夏季大甩卖做了规模惊人的采买之后，果断地决定东西买了就是要用，立即穿上全新的夏季裤装，精神抖擞地现身现场。这条黑色裤装凝聚了最棒的材质、熟练的技术，绝妙地表现出朴实感的设计，应该能彻底被这群粗枝大叶的男性警探所忽视。

这里是甲州街道旁的公寓建筑现场。四周围绕着铁皮的工地内搭起了铁管鹰架。四层楼的建筑物眼看着就快要完工了。

丽子在黄色封锁线前停下脚步，然后用指尖推了推黑框装饰眼镜，东张西望。

"太好了。警部好像还没来呢。"

——干脆永远别来！

丽子在心中说出真心话。这时，旁边传来熟悉的爆裂声，震动着周围的空气。一辆银色捷豹反射着灿烂阳光，朝这边猛冲。那辆车发出震耳欲聋的刹车声，在丽子眼前"吱——"地甩尾停车。车门打开，出现的当然是风祭警部。普通人肯定会因为这种违反交规的行为遭到逮捕了。不过很遗憾，这里没有敢对乱开车的警部上手铐的警探。

"嗨，让你久等了，小姑娘。"

不，没有人在等您哦。丽子在心中默默地说。

风祭警部是有名却非一流的汽车制造商——"风祭汽车"创始人的少爷，也是盛传靠金钱与人脉得到警部头衔的精英刑警。

"不过——"丽子边叹气边注视着眼前警部的打扮。警部身穿比平常还要白的西装，这套西装已经白得刺眼。"那个，警部，可以请教一下吗？这套全新的西装是？"

"啊啊，不愧是宝生，居然被你发现啦。"

警部用手指摩挲着白色的领口。"其实我昨天趁着夏季大甩卖买了很多东西呢。毕竟我有白金卡啊。"他开始了本日首次的自吹自擂。

"啊啊,是这样啊……"

不过跟警部的采买比起来,我昨天采买的规模还要更大哦。毕竟我的卡是最高级的黑卡呢!

丽子在无谓的地方与警部燃起了对抗意识。她是名震天下的大财阀——"宝生集团"总帅宝生清太郎的独生女。不过丽子把风祭警部当成反面教材,一直以来极力避免炫耀家世。国立市警署中只有几个人知道丽子的来历。当然,最无知无觉的就是风祭警部了。

两人穿过黄色封锁线,火速走进现场。

在工地旁,死于非命的年轻女性尸体被随意地弃置在地上。丽子从装饰眼镜底下锐利地看着,仔细观察尸体。

女性身穿白色连身洋装。年纪大约二十岁吧。美丽的黑色长发在棕色的地面上摊开成扇形。白皙的脖子上不见坠饰之类的东西,而是有遭绳状物勒过的痕迹。除此之外没有明显的外伤。

"被害者是被勒死的。这无疑是起杀人案,凶手为男性,动机是感情纠葛……"

偏颇得可怕的偏见。被害者是年轻女性,但凶手未必就是男性吧。

"您太武断了,警部。话说回来,您不觉得这具尸体有点奇怪吗?"

"啊啊,我知道。"

警部抱起双手，又用下巴往死者的脚边示意了一下。"被害者没有穿鞋。尸体旁也不见脱落的鞋子。这是怎么回事呢？这位美丽的女性总不可能从一开始就光着脚丫子吧。"

"是。而且不止这一点奇怪。"

"这话是什么意思？"

"比方说腰带。虽然她可能从一开始就没系，但我总觉得不是这样。这种连身洋装，腰上一般都有皮带，那样衣服才会好看。"

"原来如此。的确，腰部看起来特别奇怪。犯人抢走被害者的鞋子后，又从腰际抽走皮带吗？嗯——这种喜好真奇怪呢！"

警部，为什么您会觉得这是喜好啊？丽子轻轻吁了口气。"不是只有这样哦，警部。请看看被害者的脸。鼻子两侧可以看到些许凹痕。长年佩戴眼镜的人中常有这种情况哦。"

"所以说，凶手抢走了被害者的鞋子、皮带，还有眼镜喽……"

"而且脖子周围似乎也有点冷清。凶手或许从被害者脖子上拿走了坠饰或项链。另外，也看不到装饰在头发上的发箍或发圈之类的。手上既没有手表，也没有戒指。被害者从一开始就完全没有佩戴这些东西吗？我觉得不可能。"

"也就是说，以这个女性的年龄来看，死者身上的东西太少了——我看看。"

风祭警部在尸体旁蹲下，来回抚摸被害者的衣服，确认身上携带的物品。不过结果一如想象。警部失望地叹了口气。

"这个被害者什么都没有，钱包、驾照、手机。唯一剩下的是口袋里的手帕。看来错不了了，凶手把被害者佩戴在身上的东西全都拿光了。"

"凶手究竟为什么要这么做呢？"丽子无意中露出严肃的表情询问风祭警部。

警部仿佛就等这一刻似的咧嘴一笑。"呵呵，宝生，你不懂吗？"

"不，大概是掩饰——"

"不懂的话，我来告诉你吧！这是掩饰工作啊，宝生。"

就是说啊。嗯，我已经想到啦，警部。

"凶手必须从被害者的尸体身上抢走什么，那一定是很重要的什么。说不定凶手就是为了夺取那重要的东西才杀害了这名女性。总之，凶手杀害了这名女性。不过，如果只从尸体身上抢走一件东西，凶手的行为反而会引起注意。所以除了目标物之外，凶手还连带从尸体身上抢走了其他并不是他所需要的东西——宝生，我的推理怎么样啊？"

什么怎么样，这本来是我要讲的推理啊！

丽子不满地询问警部：

"所以简单来说，那个对凶手而言很重要的东西是什么呢？鞋子、皮带、眼镜、坠饰，还是戒指？"

"要是知道就不用辛苦了，"警部避免明言，把困难的问题留到后面解决，"对了对了，说到辛苦，还有另一个好像很棘手的难题呢。"

"是，这我知道。是被害者的身份吧。"

"没错。毕竟这名被害者身上像样的东西只有这条手帕而已。线索这么少,要查出被害者的身份自然也不容易……嗯?"

警部把脸凑近手中被害者的手帕,端详着布面。

"警部,怎么了?"

"你看,宝生!"警部像是炫耀战利品似的在丽子眼前摊开手中的手帕,"这条手帕不是普通的手帕。你看,这里绣着像是校徽似的东西。你觉得这会是什么呢?"

"真的呢。上头的确有刺绣。警部知道这是什么吗?"

"当然。这是校徽哦。"

还不是一样!既然如此,您就别问我啊!丽子甚至对眼前的上司萌生杀意。当然,警部根本不知道部下的心情。

"这是有钱人家的公子和千金就读的名校,私立嘉德利亚大学。八成只有嘉德利亚大学的学生,才拿得到这种东西吧。"

"那么,带着这个的被害者是嘉德利亚大学的学生,或者毕业生喽?"

"嗯,这个可能性很高。"

风祭警部深深地点了点头后,为了将搜查推进到下一阶段,提议道:

"看来我们有必要去嘉德利亚大学一趟了。宝生,你不这么认为吗?"

3

"私立嘉德利亚大学一如其名,原本是女子大学。虽然在几年前变成男女合校，但现在学生还是以女生为主。女大学生占九成呢。"

前往嘉德利亚大学的巡逻车内，风祭警部一边轻快地操控方向盘，一边告诉丽子关于学校的小情报。不过，丽子虽然常听到"出生率"或"体脂率"，但"女大学生率"这个词是有生以来第一次听说。

"您真清楚啊。"副驾驶座上的丽子挖苦地说。

"还好啦。不是我自夸，我对女子大学蛮熟的呢。"

警部若无其事地说出其实不值得夸耀的事情。把这只自恋的色狼放到"九成是女生"的人群里，真的没问题吗？丽子感到有点不安。

不一会儿，丽子他们的巡逻车抵达嘉德利亚大学。两人在停车场一停好车，就立刻造访大学办公室。两位刑警表明身份并解释来意后，接待的女性职员明显流露出困惑的神色。

"本校学生可能是杀人事件的被害者，所以两位想看学生的照片是吗？可是学生的照片是个人信息，不能轻易给别人看……"

"原来如此，那就没办法了。看来我们只能让学生们看尸体脸部的照片，询问'是否认识这位女性'了。这样可以吧？真的可以吧？"

警部巧妙地口出威胁后，女性职员突然态度一变说："请千万不要这么做！"随即在两人面前拿出四本册子。封面写着"私立嘉德利亚大学入学纪念相簿"几个字。两位刑警翻开书页一看，上头密密麻麻地排列着学生的大头照及就读科系。

"这是'入学纪念相簿',收录了学生入学时拍摄的照片。过去四年的都有,我想里面有绝大部分学生的照片。"

"哎呀,这可真是帮了我们大忙呢。"

警部道过谢后,马上跟丽子一起翻阅相簿。

单调的工作持续了好一会儿。两人比对尸体的照片与相簿内的照片,确认像或不像,是美女或长得马马虎虎,总算找出了一张大头照。

那是个留着黑色长发的女人。脸上戴着仿佛教务主任般土里土气的眼镜,不过仔细一看,五端很端正。也就是所谓"摘下眼镜后居然是个美女"的类型。

"哦哦,你瞧瞧,宝生!这女人跟死者长得一模一样。嗯,错不了的。不管怎么看都是同一个人。好,马上去找这个学生问话吧。"

"那个,如果跟尸体是同一人,应该是没办法问话……"

"嗯?也对——那就去找和这名学生熟识的人问话吧。"

警部以指尖敲着相簿上的照片。丽子念出标注在相片下的名字。

木户静香。从入学年度计算,她现在应该是就读文学系的大三学生——

说到该名学生在学校里的相关人,首先就是老师吧。因此,丽子跟风祭警部造访文学系的研究室,目的是见木户静香的专题指导教授。

这个名叫今西的教授穿着皱巴巴的衬衫，头发蓬松凌乱，是个令人印象深刻的五十多岁男性。听说他的主要研究领域是近代日本文学，不过刑警们并不想问关于漱石或鸥外的事情。警部将身份不明的尸体照片递到教授面前，单刀直入地问：

"请您确认一下，这名女性是不是您的专题生木户静香呢？"

今西教授接过照片瞥了一眼，随即惊讶地瞪大眼睛。

"真不敢相信……这的确是木户同学。为什么她会变成这样呢？"

"昨晚九点左右，她被某人勒毙。有人在兴建中的公寓工地现场发现了她的尸体，不过实际的案发现场恐怕在别的地方吧。"

"木户同学被杀了……到底是谁做出这么残忍的事情呢？"

"这个嘛，是谁为了什么目的杀害了她，这个我们目前正在调查。首先必须查明死者的身份才能继续调查下去——话说回来，您对木户静香这名学生印象如何？"

"您这么问我也不知该如何回答，私底下的事情我并不清楚。她是个优秀的学生，虽然在专题讨论时很安静，鲜少发言，不过我从聊天中知道她很爱看书。"

"她都有些什么朋友呢？是否在跟特定男性交往？"

"这我不太清楚。这方面她的朋友应该比较了解吧。听说她加入了电影研究会，去问问社团里的人怎么样？"

"感谢您宝贵的意见。"风祭警部这么说完，马上离开研究室。丽子紧跟在后。

两人随即前往电影研究会的社团办公室。社团办公室似乎全都集中在被称为社团大楼的独立建筑物里。刑警们立刻踏进社团大楼。建筑物内回荡着学生们活力过剩的声音,气氛相当热闹。

来来往往的学生果然大半都是女孩子。这些女孩子大概没有识人的眼光吧。证据就是她们之中似乎有许多人都被风祭警部端正的容貌给吸引了。其中甚至还有女孩子直接"呀!"地尖叫出来。警部每次遇到这种情况,脸上总是浮现出藏不住的喜色。

"警部,您笑嘻嘻的是在开心什么呢?"

她们根本不了解警部的本质呀!丽子忍不住在心中大叫。

忽然一名男生跑到丽子旁边,明显误会了丽子的身份。"嗨,没见过你呢,你是什么社的?要不要加入我们社团啊?我们是昭和职业摔跤研究会的——"他开口就是热烈地劝说。

"不好意思,我没兴趣。"惊讶的丽子郑重回绝邀请,同时偷偷握紧拳头做了个胜利的姿势——太好了,我被人当成女大学生了!不愧是丽子妹妹,看起来还很年轻呢!

"宝生,你笑嘻嘻的是在开心什么呢?"

不,什么也没有。而且我哪有开心……

不知不觉间,两人总算抵达挂有电影研究会门牌的房间。丽子一敲门,里头便传来女性"请进"的声音。丽子打开房门。

正面墙壁上是特吕弗导演的著名电影《四百击》的海报。墙边摆放着塞满电影杂志的书架。房间中央有三名学生,两女一男,女大学生的比例是百分之六十六点多。

丽子等人先表明自己是国立市警署的刑警,然后冷静地告知学生们木户静香被杀害的消息。不过他们听完刑警所说的话,似乎并不是特别明白。三名学生得知朋友的死讯后都有点呆愣愣的。刑警们觉得这样还算好。风祭警部马上开始发问：

"我们正在调查木户静香同学的朋友关系。她跟谁特别熟吗？"

"最熟的是我吧，"唯一的男学生举起了右手，"我是文学系三年级的杉原俊树，跟静香从初中时代就开始了孽缘——她真的死了吗？"

"啊啊，很遗憾——那我问你，木户同学身边最近有没有发生什么奇怪的事情？是否遭人怨恨，或是卷入纠纷之中呢？"

"这个嘛，我最后一次见到静香是上个礼拜五。那时候她看起来很正常。不过，她本来就不是会得罪人的女孩——社长，对吧？"

电影研究社的社长留着一头棕色短发，是个看起来很活泼的女大学生。"我是西田真弓，经济系大四学生。"她报上姓名后，开始讲述自己对木户静香的印象：

"的确，木户同学性格温和认真，不是会跟别人起争执的那种人。拿电影来比喻的话，应该就是新浪潮派之前的古典派法国电影吧。"

尽管她本人似乎以为自己形容得很好，但丽子并没有足以理解这种比喻的电影素养，风祭警部恐怕也一样。"原来如此原来如此，"不过他却仿佛彻底理解这种比喻般连点了两次头，"简而言之，木户静香同学是个气质高雅的女性吧。"

"嗯，是的，"西田真弓对着警部点了点头，"不过新学期开始后，她好像有点儿变了。虽然我说不上来，但她最近似乎变漂亮了。或许是有了喜欢的人。"

"咦——怎么会，骗人的吧！"杉原俊树抗议地大叫。

"那个，这么说起来，关于昨天的事情……"

这时，之前始终保持沉默的另一名女学生突然开口了。其他人同时将视线转向这个娇小的女生身上。

风祭警部问道："你是？"

"水野理沙，文学系大二学生。其实昨天白天我在立川车站前碰巧遇见了木户学姐。可是当时学姐的样子有点奇怪……"

"什么，你昨天白天见到她了？喂，同学，快把当时的情况详细告诉我们。"

在警部的催促下，水野理沙道出了昨天在立川车站前的咖啡厅内发生的事情。刑警们专心地听她说。根据水野理沙的讲述，木户静香在咖啡厅内的行为举止确实有几个奇怪的地方。成年女性不会毫无缘由地在咖啡厅通道上突然跌倒。木户静香为什么会那么匆忙呢？

警部无视困惑到歪着头的丽子，他关注的似乎是其他地方。

"我确认一下，昨天木户同学的打扮是头上别着发箍，脸上戴着眼镜，脖子挂着坠饰，左手腕戴着手表，腰间系着皮带，脚上穿着高跟鞋。此外，她还带了粉红色的包包——是这样吧？"

"是，的确是这种打扮，有什么问题吗？"

丽子听了水野理沙的发问，回答："其实被害者的尸体身上完全没有这些东西。刚才说的饰品或小配件之类的全都被犯人抢走了。水野同学，关于犯人的目的，你有没有什么头绪呢？"

水野理沙听了丽子的问题，沉默了。掩饰工作，她的脑海里似乎也浮现出这种想法。只是，恐怕她也不知道该从何厘清吧。

丽子为了舒缓水野理沙僵硬的思路，对她展露温柔的微笑。

"不管是什么都行哦。把你觉得不对劲的地方都说来听听看吧。"

"就算您这么说……啊，这么说起来！"

水野理沙啪地拍了一下手，丽子立即往前挺出身子。

"什么什么？你想起什么了吗？"

"是的。当时有个穿着红色礼服的女人经过咖啡厅，还有个像是管家的黑衣人抱着一堆东西追在后头。这该不会跟案件有关——"

"没有关系。那只是普通的行人罢了。"丽子很不自然地干脆断言。

"喔……是这样吗？"水野理沙仿佛被丽子的气势给震慑住了，立刻闭口不语。

就在奇妙的沉默降临众人之间时，风祭警部咳咳地稍微清了一下嗓子。

"言归正传吧。我们想知道的是木户静香同学的交友关系。除了你们，还有谁跟木户同学关系非浅呢？"

"不是这所大学的人也算吗？"社长西田真弓竖起食指说，"那我知道一个，寺冈浩次。"

"哦，那个寺冈是何许人物呢？"

"是这个电影研究会的前社长。他今年春天毕业，目前在银行上班。"

木户静香应该暗恋着寺冈浩次,西田真弓信心十足地对刑警们说。

"为什么你会这么想呢?"

西田真弓对于丽子的问题,只回答了一句:"女人的直觉。"

4

丽子跟风祭警部去找寺冈浩次是第二天也就是礼拜二的事情。地点在正对着国立市引以为傲的主要干道大学大道的咖啡厅。丽子与风祭警部堂堂正正地坐在个性保守的人都会敬而远之的露天平台正中央,等待寺冈的到来。

银行职员寺冈跟两人约好利用午休时间在这里碰面。双方是第一次见面,但刑警们已经告诉寺冈他们是"坐在露天平台上的白西装男子与黑色裤装美女",寺冈认错人的可能性接近零。

比约定的时间晚了几分钟,一名青年才走向两名刑警的桌子。

"对不起,让您久等了。两位是国立市警署的人吗?"

寺冈浩次客气地点头致意。明明时值盛夏,他却一身深蓝色西装打扮,领带系得扎扎实实,看起来很像个稳健的银行职员。身材算高,体格结实。精悍的脸庞晒得黝黑,头发剪得很短。他和蔼可亲地微笑时,露出白得不自然的牙齿。

他落座点好咖啡后,对刑警们报上姓名。

"我是寺冈浩次。听说两位想问关于过世的木户静香小姐的事情。我听闻她的死讯,也感到相当震惊。只要是我办得到的事情,不管是什么我都愿意帮忙。请您尽管发问。"

丽子看着讲话无懈可击的寺冈，突然毫无根据地心想："这男人该不会是真凶吧？"她的想法会变得如此扭曲，究竟是受到风祭警部的影响，还是被管家影山害的呢？无论如何，在丽子眼里，寺冈浩次这个男人是绝不能轻易忽视的角色。

丽子推了推装饰眼镜，疑惑地看着眼前的寺冈。像这样被刑警直盯着瞧，大多数人就算没做亏心事也会忍不住别开目光。可是寺冈这个男人不知道是不是太粗枝大叶，他反而正面回看丽子的眼睛。别开目光就输了，丽子也赌气瞪回去，不过对方却怎么也不肯移开视线。结果两人的互瞪游戏一直持续到点好的咖啡送来。

丽子对寺冈这个人的怀疑越来越强烈了。

在紧张感的笼罩之中，风祭警部率先开口发问：

"寺冈先生跟已故的木户静香同学好像很亲近。"

"这个嘛，我不知道算不算亲近。不过我们是大学社团电影研究会的学长学妹关系。"

"哎呀，是这样啊。可是我听说两位正在交往呢。"

"还不到交往的程度——不过毕业之后，我们有好几次机会单独见面。比方说，我们曾在假日一起去看电影。"

"哦。单身男女假日去看电影，大多数人不是都称之为约会吗？"

风祭警部发表个人见解。寺冈浩次勉强赞同他的想法：

"这个嘛，如果您要这么想，我也无法否定。"

昨天白天水野理沙是在立川车站前的咖啡厅遇见了木户静香。那家店附近有一家立川市和外围居民都很熟悉的复合式电影院。木户静香急忙离开咖啡厅后，会不会是赶着去跟寺冈浩次约好要碰面的地方呢？

警部大概也想到了同样的可能性吧，于是他拐弯抹角地提出问题：

"你最近一次跟木户静香碰面是什么时候？"

"我们最后一次单独碰面应该是在大约半个月前。同样是一起去看电影。"

"昨天没碰面吧？"警部直截了当地问。

"没有。"寺冈斩钉截铁地否认。

"慎重起见，我想请教一下，昨晚你人在哪里，在做什么呢？"

"刑警先生，这该不会是在调查不在场证明吧？我过着独居生活，假日晚上大多都是一个人在家。是啊，昨天也是这样。所以我没有什么不在场证明。只是，您会怀疑我还真是令人遗憾啊。"

"不不，我们绝不是在怀疑你。"

然后警部带着强烈的怀疑看着眼前的男人。"话说回来，被害者身上的鞋子、皮带、眼镜、坠饰，还有发箍等小配件全被拿走了。凶手为什么要做出这种事情呢？关于这点，寺冈先生有没有什么想法呢？"

"这个嘛，我不太清楚，但小配件之中大概有什么具有特殊意义的东西吧。比方说特别值钱，或是特别罕见的物品。对了，说不定她身上戴着凶手赠予的礼物呢。如果把那项物品留在尸体身上就离开，警察或许会怀疑赠予者。凶手担心这点，所以把那样东西从尸体上拿走了。可是，如果只把要拿的东西拿走，反而会更引人注意，所以凶手才把其他无关的小配件也全都带走。这种事情不是发生过吗？"

"原来如此，凶手送给被害人的礼物啊。嗯，果然大家想的都一样呢。我们也正在考虑这种可能性。"

警部装出一本正经的表情，窃取了寺冈的见解。只要是有可能正确的想法，无论是来自部下还是嫌犯，警部都会贪婪地占为己有。风祭警部虽然称不上优秀，但或许是最能海纳百川的刑警。

不久警部大致结束讯问，转头面向邻座的丽子：

"宝生，你有没有什么想问的问题？"

丽子心想机不可失，对寺冈丢出了盘踞心头的疑惑：

"那个，冒昧请教一下，我脸上沾了什么吗？从一开始，你就一直看着我的脸，我的脸上有什么令人在意的东西吗？"

寺冈听了这话顿时惊慌失措，连忙将视线从丽子脸上移开。

"不……不，没什么。我只是觉得你的眼睛好漂亮啊……真是对不起。"

寺冈歉疚似的默默低下头。

5

当天晚上，矗立国立市某处的宝生邸大而无当的客厅里。

宝生丽子单手拿着玻璃酒杯，优雅地度过用完晚餐后的休憩时刻。丽子轻松地靠坐在沙发上，身上穿着跟白天的黑色服装截然不同的粉红色连身洋装。绑在后脑勺的头发如今也都垂放下来，是一位十足的千金小姐。

丽子啜饮了一口高脚杯内的红酒，不经意地环顾客厅。这时，一件陌生物体突然跃入丽子的视线。那是几乎可以容纳一个小学生的巨大陶壶，表面描绘着不知是伊万里还是唐津的蓝色花纹。丽子从沙发上起身，一边走向那个陌生的陶壶，一边询问身旁的管家：

"唉，影山，这个奇怪的陶壶是怎么回事？是谁送的吗？"

西装打扮的影山听了丽子所说的话，露出好像很遗憾的表情左右摇了摇头。"啊啊，大小姐……"

"您果然忘了呢。"

影山别有深意的一番话，让丽子突然觉得背后冷飕飕的。"难……难不成……"

"就是那个'难不成'。大小姐昨天在立川进行了一次异乎寻常的采购。当时您在古董商店购买了黑檀木桌子。"

"嗯，我记得确实是这样。"

"大小姐准备付账之前，指着突然看到的巨大陶壶说：'这个也要！'当场就决定买下了。就像顺手买下便利店收款机旁的草莓一样随便——您不记得了吗？"

"不……不会吧……"丽子抱住了头，"我完全不记得了……这真的是我买的吗？"

购物是丽子的兴趣，购物欲异常高涨时，她自己都不记得自己买过什么东西。平常形势演变到这一步时,随侍在侧的影山会发出"异常购物警报",制止丽子的购物欲。不过昨天他的警报似乎没有起作用。

丽子对自己的行为感到恐惧。

"真是不敢相信。再说,这种没品位的陶壶到底要装饰在哪里啊?"

"那正是我想问的问题。说老实话,大小姐究竟是中意这个没品位的陶壶哪一点而买下了它呢……"

"喂,影山,你说'没品位的陶壶'是什么意思啊!"

"这不是大小姐您自己说的吗?"

"我可以说,但你不能说!"

丽子怀着复杂的心情重新打量起这个陶壶。

"嗯,仔细一看,这壶还挺漂亮的嘛。釉的光泽处理得不错。将来或许会很值钱——影山,小心把它装饰起来,别打破了,放在我的寝室之类的地方。"

"遵命。那我就摆到大小姐看不到的某个远处吧。"

"也好,就这么做吧,"丽子仿佛要甩开讨厌的记忆般,别开脸不看陶壶,"对了,昨天我们在立川车站前购物时好像被嘉德利亚大学的女学生看到了,害我一直担心会不会在警部面前暴露真实身份,还好最后没有露馅。"

"嘉德利亚大学……"影山轻声低喃,银框眼镜底下的双眼顿时亮了起来,"我没记错的话,那所大学好像有女学生遭人勒毙?我好像在午间的名嘴脱口秀节目上看到过这则新闻。"

"没错，就是那起案件。"这男人今天又看了名嘴脱口秀啊。丽子尽管感到傻眼，内心还是希望借助影山的力量。丽子为了激起他的兴趣，故意用严肃的语气说道："那是起非常奇怪的案件。被害者佩戴在身上的各种物品全被凶手抢走了，所以无法判断凶手真正想要拿走什么。凶手究竟想抢走什么呢……"

丽子讲到一半，装模作样地停下来，望向管家。影山把手贴在自己胸前，表现出管家应有的谦恭态度向丽子提议：

"大小姐不介意的话，可以告诉我案件的详情吗？这样影山也能为大小姐尽绵薄之力。"

"好吧。我就告诉你，仔细听好。"

丽子仿佛特别施舍管家，开始讲述案件详情。

一段时间之后——

影山站着听完丽子所说的话，轻轻地吐了口气，不疾不徐地开口说：

"如同风祭警部的推测，凶手奇怪的行为确实是为了掩饰。凶手将被害者身上佩戴的小配件全部抢走，让人难以看出他真正想拿走的是什么。"

"果然是这样。那么影山，你怎么想呢？凶手真正想抢走的究竟是什么？鞋子、皮带、眼镜、发箍、手表，还是……"

"不，凶手想夺走的并不是这些东西，而是其他东西。"

"其他什么东西啊？你该不会要说——凶手想夺走的是被害者的'性命'吧？不好意思，我不想听这种诙谐的答案。"

"不，我没想到这种无聊的答案。"

你说无聊的答案是什么意思啊！丽子不禁恼火起来。影山无视丽子，自顾自地接着说：

"被害者被抢走的是更为具体的东西。从大小姐的陈述来看，那个东西已经很清楚了——恕我失礼，大小姐。"

影山揣度着丽子的神色，冷不防对她说：

"大小姐居然为这种程度的谜题而苦恼，还真是派不上用场呢。"

咔——宛如空手道高手击破十枚瓦片般的冲击声响彻客厅。

丽子猛然回过神来，昨天刚买的巨大陶壶，已经在她眼前凄惨地碎裂。是丽子听完影山狂妄之语后气得挥拳打破的。即便如此，丽子还是怒火难消。她伸出一根手指指着管家，尽可能地大声叫道：

"派不上用场是什么意思？别看我这样子，我有时候也是会派上用场的！"

"举例来说呢？"

"不要一本正经地问这种问题啦，笨蛋！"

丽子没东西可打，只好用脚踹飞破裂的陶壶碎片，借此表达心中的怒气。

"那好，影山。你既然都说到这个份上了，那就说来听听啊。凶手想抢走的东西是什么？好了，快说。那东西已经清楚地摆在我眼前了对吧？"

"好了好了，大小姐。别那么激动，请冷静想想。"

"所以说，凶手到底是想要什么啊？"

"大小姐的描述中，最值得注意的还是案发当日的白天，水野理沙在咖啡厅里遇见木户静香这段插曲。"

"你是说木户静香在咖啡厅时样子有点奇怪这件事吧？的确，这点是很让人在意，但这件事的特殊意义是什么呢？"

"有非常重大的意义。"

影山静静地点了点头，然后接着说："木户静香在咖啡厅内的怪异举止在离去时尤其明显。当时她抓空了眼前的空玻璃杯，还在什么都没有的通道上摔倒了。离开店里时脚步也颤颤巍巍，不太稳定。这些事情告诉我们一个事实。大小姐，您知道是什么吗？"

"木户静香看不清楚前面——是这样吧？"

"哎呀，"影山意外似的眨着眼，"您发现了呢，大小姐。"

"少瞧不起人了。这点小事我当然知道。照常理来想，只有这种可能。不过问题是在那之后。的确，木户静香似乎近视度数很深，可是在咖啡厅时，她眼睛应该看得很清楚啊。因为她一如往常地戴着眼镜。说她眼睛看不清楚太奇怪了。"

"好了，这里正是要思考的地方。她确实戴着眼镜，不过那眼镜真的跟平常一样吗？"

"啊，原来如此。"

丽子砰地敲了一下掌心。"木户静香戴的眼镜跟平时不同——也就是说度数不合，所以她看不清楚前方。这很有可能。啊啊，可是不对哦，影山。水野理沙曾经近距离看过戴着眼镜的木户静香。木户静香戴的是她平时惯用的无框眼镜，从水野理沙的证词可以清楚得知这点。况且，故意戴着跟平常不同、度数不合的眼镜也没意义啊。"

"您说得是，在咖啡厅里时，木户静香佩戴的无框眼镜是她平时惯用的东西，镜片度数应该也是合的。尽管如此，戴着眼镜的木户静香的视力却异于平常——您觉得这是为什么呢？"

丽子只能沉默地左右摇头。

影山并没有回答自己的问题，而是从其他角度继续说这件案子：

"话说回来，水野理沙供称的咖啡厅小插曲中，还提及了木户静香另一个特别的举动。"

"特别的举动？那是什么？"

"就是木户静香经常抬起眼来注视着水野理沙，而且她的双眼看起来有点湿润。这些事情究竟意味着什么呢？"

"这个嘛。"丽子手抵着下巴思索起来。说到"往上看的湿润眼眸"，那是恋爱中的女孩为了瞬间房获心仪男子的心而使用的高超技巧。丽子在情窦初开的少女时代，也曾对着固定在高处的镜子，一次又一次地进行"完美抬眼"训练。不过女大学生抬起眼来看学妹究竟有什么意思呢？丽子百思不得其解。"嗯——我不太清楚。影山怎么想呢？"

"一般来说，所谓'往上看的湿润眼眸'是女性对男性卖弄风情的低俗技巧。我想大小姐这么高贵的人大概是与之无缘吧？"

"是——是啊。我的确不可能抬起眼来对男性卖弄风情。"

"就是说啊。如果老爷知道大小姐做出那么轻浮的举动,一定会难过得唉声叹气吧。"

影山勾起嘴角露出笑容。"言归正传,木户静香身为同所大学的学姐,没有必要抬起眼来对学妹水野理沙卖弄风情,更不用说木户静香还戴着眼镜。"

"嗯?眼镜怎么了?眼镜跟抬起眼看人又没关系。"

"不,大有关系。虽然大小姐在工作中戴着眼镜,但那是装饰眼镜,所以您不明白自是情有可原。可是,木户静香戴的是近视眼镜。戴着近视眼镜抬起眼来看人,会怎么样呢?她的视线会通过镜框之上的空间。这样就不能透过镜片看对方了。"

影山弯下腰,把手指贴在自己的银框眼镜镜框上。然后他把眼镜稍微往下拉,抬起眼来注视着丽子。的确,他的视线穿过镜框之上,投射在丽子身上。

"如此一来,镜片就失去意义了,视力也无法获得矫正,近视的双眼依然维持着近视的状态。现在我只能很模糊地看到大小姐。"

"我想也是。嗯,我很明白了。"

"尽管如此,木户静香却刻意用这种方式看学妹的脸。为什么木户静香要故意用看不清楚的方式看对方呢?然后,虽然戴着照理来说看得很清楚的眼镜,但她却仿佛看不见前方似的抓空玻璃杯,在通道上跌倒,最后还踩着颤颤巍巍的步伐离去。您明白这一切表明了什么吗?"

"不,我一点也不明白。这是怎么一回事?木户静香的眼镜有什么异状吗？"

"不，眼镜本身并无任何异状。那是她平常惯用的眼镜。"

"那么为什么——"

"这很简单，"影山道出出乎意料的观点，"问题是在咖啡厅里时，木户静香正戴着隐形眼镜。正因为如此，她才能清楚地看见原本看不清楚的东西。另一方面，原本看得清楚的东西就变得难以看清了。"

"呃，什么什么？我不懂你的意思。你说隐形眼镜？骗人的吧？因为木户静香可是戴着眼镜哦，而且从她尸体的双眼中也没发现什么隐形眼镜——啊，原来如此！"

影山的推理到了这个地步，丽子才总算觉得蒙蔽自己的东西掉出了眼睛——不，应该说隐形眼镜掉出眼睛吧——总之，她看见了真相。影山看着惊讶得瞠目结舌的丽子，以沉稳的语气道出丽子已经看到的真相：

"您已经明白了呢，大小姐。凶手真正想从木户静香尸体身上抢走的东西，既不是鞋子、皮带，也不是眼镜，而是她眼中的两片隐形眼镜。"

"也就是说，"丽子坐在沙发上跟管家确认，"在咖啡厅里时，木户静香既戴着隐形眼镜又戴着眼镜，就这样跟水野理沙交谈。影山，是这样吧？"

"您说得是。她戴着两种眼镜，周围的景象看起来应该很扭曲吧。所以她才会抓空眼前的玻璃杯，在通道上跌倒，踩着颤颤巍巍的脚步迅速离去。"

"她之所以抬起眼来看水野理沙的脸，是因为那样看得比较清楚吧。其实她无须透过眼镜镜片，就能看清楚对方。"

"是的。另外，她的眼睛水汪汪的则是因为戴着两层镜片，导致眼睛负担过重。这样就说得通了。"

如同影山所言，木户静香若是佩戴着隐形眼镜，她一些不自然的举动就都能解释得通了，错不了的。案发当天木户静香跟水野理沙在咖啡厅里巧遇时，正佩戴着隐形眼镜。而丽子也隐约猜出她在隐形眼镜外又戴着眼镜的原因了。

"木户静香不想让熟人看到自己戴着隐形眼镜，让人觉得她的形象有别于往常。可是她运气不好，在咖啡厅里碰到了学妹水野理沙。于是她从包里取出惯用的眼镜戴上，变成平常的自己。就算眼前的景象看起来多少有些扭曲，也比被人发现自己戴着隐形眼镜要好得多。她是这么判断的吧？"

"您说得是。既然您都知道这么多了，接下来就简单了。木户静香为什么要戴上平时不用的隐形眼镜来到立川车站前呢？而她又为什么拼了命地想对学妹隐瞒这件事情呢？"

"是因为男人吧，"丽子非常确信地断言，"听电影研究会的人说，木户静香长得还算漂亮，但给人一种有点朴素而保守的印象。眼镜就是她的标志。可是她跟喜欢的男人见面时，也会摘掉惯用的眼镜，转而佩戴隐形眼镜吧？礼拜天在立川车站前，她正准备跟喜欢的男人碰面。是这样吧？"

"是，我虽然不像大小姐那么有把握，但也持相同意见。说到年轻女性戴着平常不用的隐形眼镜偷偷跟谁见面，所有人首先都会想到恋人吧。而平常总是戴着眼镜的女性，却在佩戴隐形眼镜时遭到杀害，警察会如何判断呢——"

"女性是跟恋人见面后才遇害的，警察一定会这么分析。所以，被害者的恋人是头号嫌疑犯。"

"恐怕这名凶手也很担心这点吧。所以凶手从尸体身上抢走了隐形眼镜，使得被害者成为裸视状态。一旦调查开始，警方马上就会查出被害者戴着眼镜。于是警方当然会想：凶手抢走了被害者的眼镜。结果警方反而远离了凶手抢走了隐形眼镜这个真相。这点正是凶手的企图。"

"原来如此。而且凶手还从被害者身上拿走了鞋子、皮带、包包等无关的物品。这种种行为，就是为了避免警方将注意力集中在被害者的眼睛上。总之，这肯定是掩饰工作。"

"是，正是如此。事实上，警方对于凶手抢走了被害者什么东西也是百思不得其解。凶手的掩饰工作可以说相当成功。"

"不过，凶手与其搞得这么麻烦，抢走隐形眼镜后再为尸体戴上眼镜不是更好吗？被害者一定在包包里放了眼镜，就是她在咖啡厅里戴着的那副。"

"您说得是。可是凶手并没有想到这个点子。恐怕这名凶手是个视力良好、从未用过眼镜跟隐形眼镜的人吧。所以，凶手并没有想到佩戴隐形眼镜者会在包包内随身携带眼镜以防万一这种司空见惯的可能性。因此，凶手才会没发现包包内的眼镜。"

"原来如此。也就是说，凶手是木户静香的恋人，而且视力八成不差——"

丽子脑海里瞬间浮现出符合这些条件的人物姓名。

"凶手是寺冈浩次。他偷偷跟木户静香交往，视力大概也不错。"

"电影研究会的杉原俊树不用考虑吗？"

"那个男生？不，他不是凶手。他跟戴着眼镜的木户静香应该在社团教室里碰过很多次面。木户静香跟杉原俊树约会时特意戴上隐形眼镜没有任何意义。而且她应该也会干脆地告诉水野理沙'接下来要跟杉原同学约会'。毕竟两人是社团里公认的一对嘛。因此，杉原俊树不是凶手。凶手跟被害者的关系应该没有多少人知道，只有寺冈浩次才符合凶手的条件。影山也是这么认为的吧？"

影山见丽子征询意见，慎重地说：

"是，的确，我不否认寺冈浩次是涉嫌重大的嫌犯。不过老实说，在本次事件中，只有两件事情我可以有把握地推理出来。即凶手抢走了被害者的隐形眼镜，以及凶手是被害者的交往对象，只有这两件事情而已。凶手是寺冈浩次的可能性的确很高，可是也不能就此断言杉原俊树犯案的可能性为零。而且被害者或许还有别的交往对象。"

"唉，照你这么说，我们永远抓不到凶手嘛。我觉得杀害木户静香的真凶就是寺冈浩次！"

"大小姐，如果只有'觉得''应该'程度的证据，我觉得无法逮捕凶手哦。"

"我——我知道啦。不准讽刺我！"

丽子坐在沙发上，在胸前抱起双手，闭上眼睛思考了一会儿。有没有能够证明寺冈浩次是真凶的铁证呢？他的证词里有没有决定性的矛盾点呢？丽子想着想着，脑海里突然灵光一闪。

丽子睁开眼睛，看着得意地笑、好像在打什么坏主意的管家，说：

"我想到一个好点子了。他是不是凶手，让他自己说出来好了。"

"原来如此。您是说将寺冈浩次强行押进国立市警署的侦讯室，用近乎拷问的粗暴手段进行讯问逼供吧？可是大小姐，这种做法可是冤狱的肇因哦，而且还可能招来各界抨击……"

"谁会做这种蠢事啊！"

丽子大喝一声后，管家宛如放下心中一块大石头般吁了口气。"听到您这么说，我就放心了。那么大小姐，您打算怎么做呢？"

"没什么，只是问他一些问题而已。一分钟内就可以结束。"

丽子的视线扫过客厅的时钟。时钟的指针已经走过晚上十一点。丽子从沙发上起身，伸着懒腰打了个小小的呵欠。然后她对身旁的管家说：

"今天已经很晚了，等到明天早上再说吧，到时候影山也一起来。我要把案件解决掉，绝不能再让你说我'派不上用场'！"

"真是叫人期待啊。那么，推理就留待早餐后——"

"嗯，这次只能这样呢！"丽子点了点头，对影山露出意味深长的微笑。丽子仿佛迫不及待等明天的到来，蹦蹦跳跳地离开了客厅。

6

第二天早上八点过后,丽子在宝生邸用完早餐,乘着影山驾驶的轿车出现在国立市某处的住宅区。最重要的嫌犯,寺冈浩次居住的公寓就在弯进前方窄巷的地方。丽子坐在副驾驶座上,穿着黑色裤装,戴着黑色装饰眼镜,这就是所谓的宝生刑警装。她定睛凝视着那栋公寓的三楼走廊。

"如果是认真踏实的银行职员,现在该出门上班了。"

"那么大小姐,请您带上这个。"驾驶座上的影山听到丽子低声呢喃,说着递出两样道具。丽子目不转睛地盯着那两样东西,疑惑地歪起了头。

"坠饰跟助听器?要我挑一个吗?我就只拿走坠饰啰。"

"不是的,大小姐。请您仔细看清楚。这条项链的坠饰是高性能收音麦克风,水滴状的坠饰可以接收周围的声音。看起来像是助听器的东西则是高性能耳机,请戴在耳朵上使用。我的声音将会直接传到大小姐耳朵里。"

"哦,我用这个东西就能和影山说悄悄话了吧,"丽子仔细端详水滴状的坠饰,然后对着麦克风大叫道,"虽然没有必要,但我姑且收下了!"驾驶座上的影山赶忙捂着耳朵,足足弹起有十厘米高。

"请……请您正常说话,大小姐。小声说就听得很清楚了……"

"性能果真不错呢!"丽子佩服地说,开心地将坠饰挂在脖子上。

这时,三楼的走廊传来开门的声音。随后一名男子出现在走廊上。

"是寺冈!"丽子紧张地叫道,随即打开副驾驶座的车门,"我走了。"

请小心,在影山的送行声中,丽子冲出轿车。进入窄巷后就是公寓的公共玄关。丽子快步跑到玄关前,一边将高性能耳机戴在左耳上,一边等待嫌犯出来。

不久,玄关的自动门打开,一位身穿西装、手提公文包的年轻男性走出来。是寺冈浩次。他看到眼前站着的黑色裤装打扮的女性,一瞬间露出吃惊的表情。然后他立刻换上掩饰的谄媚笑容迎向丽子。

"啊,嗨,这不是昨天的刑警小姐吗?一大早的有什么事情吗?"

"不,没什么特别的事情,只是有些问题想请教你。"

"哦,刑警小姐有问题要问我?是什么问题呢?"

丽子为了缩短跟寺冈浩次之间的距离,朝他走了几步后说:

"昨天我们跟你会谈时,你一直目不转睛地盯着我瞧,这点我实在是在意得不得了。所以我才想就这件事情再来请教你——"

"啊啊,是这样啊。老实说,那是因为我见到刑警小姐惊为天人,一不小心就看得入迷了。不过昨天还有男性刑警在场,所以我不方便说出口。"

"咦？是这样啊。讨厌，我哪有那么漂亮……哈哈哈。"

影山见丽子因为被称赞漂亮而欢呼雀跃，通过耳机提出警告。

"大小姐，现在不是高兴的时候。居然被对方言不由衷的恭维所惑，这可是自掘坟墓的行为哦。"

"我知道啦！"丽子轻声说——嗯，言不由衷的恭维？丽子疑惑地歪起了头。

不过，现在不是在影山的遣词用句中挑毛病的时候。丽子重新打起精神。

"的确，我或许是国立市警署最漂亮的刑警。可是寺冈先生，你盯着我瞧仅是因为这个吗？"

"刑警小姐，您——您究竟想说什么呢？"

"我总觉得昨天你不是看我的脸，而是看我的眼睛，尤其是这副黑框眼镜。于是我突然想到，我的眼镜该不会跟遇害的木户静香同学的很像吧？所以你才会不由自主地被我的眼镜吸引了目光，不是吗？"

"不是的。为什么我会被刑警小姐的眼镜吸引了呢？我会盯着女性的眼睛瞧好像是一种癖好。我喜欢眼睛漂亮的女性，就只是这样而已，我才没有注意眼镜呢。"

"哎呀，你讨厌戴眼镜的女性吗？"

"咦？不，也没有特别喜欢或讨厌。况且刑警小姐的眼镜跟木户小姐的一点都不像。她的眼镜不像刑警小姐戴的那么时髦，而是教务主任戴的那种土里土气的眼镜——"

这一瞬间，丽子在心中大声叫好。然后她用谁都听不见的微弱音量偷偷询问远处的伙伴："影山，怎么样啊？"

"真是太令人佩服了，大小姐。现在这一瞬间，他等于是承认了自己的罪行。"

耳机里传来管家赞赏的声音。丽子忍不住露出得意的笑容。

"你说教务主任会戴的那种土里土气的眼镜，这是真的吗？你们半个月前碰面时，她也戴着那副眼镜？"

"那当然——"寺冈话说到一半，脸上浮现出狼狈的神色，"不——不是吗？"

"没错，不是哦，"丽子从容不迫地点了点头，"你所谓土里土气的眼镜，是今年春天大学毕业时木户同学戴的眼镜。不过跟你交往之后，木户同学开始变得注重打扮，所以最近常戴时髦的无框眼镜。寺冈先生，为什么你没发现她换了眼镜呢？你毕业以后跟她不是还会常常一起去看电影吗？"

"为……为什么……这个……"

"那是因为木户同学跟你见面时没戴平常的眼镜。你喜欢眼睛漂亮的女性，所以一定不喜欢戴眼镜的女孩子吧。因此，木户同学配合你的喜好，只在跟你见面时使用隐形眼镜，以至于你没发现她平常戴的眼镜最近换成时髦的款式了。寺冈先生，我没说错吧？"

寺冈惊愕得说不出话。

"寺冈先生，礼拜天晚上你杀害了木户静香对吧？动机我不清楚。有可能是分手谈不拢，或只是单纯的情侣吵架演变成杀人之类的吧。你杀害了木户同学，将尸体弃置在国立市的建筑工地现场。而在那个时候，你从被害者双眼中拿走了隐形眼镜。因为你认为若是留下隐形眼镜，身为被害者交往对象的自己，就会遭到怀疑——寺冈先生如何？这就是我的推理！"

"大小姐，那是我的推理。"

丽子爽快地忽视管家揭发推理小偷的控诉。"少啰唆，不要计较这种小事啦！反正推理又没有什么著作权！"丽子忍不住对着坠饰大叫。"啊啊，可恶！"这时，眼前的男人突然奋不顾身地向她冲撞上来。丽子被撞飞好几米，一屁股跌坐在地上。寺冈浩次趁着这个机会，宛如脱兔般冲出巷子。丽子重新站起来，对着坠饰大声说："影山！寺冈往你那边逃了！"

"是——您要我怎么做呢？"

"随便怎样都行，快想想办法啊！"

丽子觉得自己下了一道荒唐的命令，往逃跑中的寺冈背后追了过去。不过两者的距离却没有缩短。如果让这不顾死活的凶手就这么逃了，究竟会有什么处罚在等着自己呢？这恐怕是宝生财阀的力量也无法随便掩盖过去的重大失误吧。

在心情灰暗的丽子面前，寺冈的背影逐渐远去。可是，就在那背影准备冲出狭窄的巷口时，突然出现的豪华礼车以全长七米的车体彻底堵住巷口！全力冲刺的寺冈，冷不防遭遇路障——咚！他猛烈地撞上豪华礼车侧面，景象惨不忍睹。

可怜的凶手寺冈浩次，以大字形晕倒在地上，这出短暂的逃亡剧结束。

丽子耳边响起影山沉稳的声音："大小姐，您觉得如何呢？"

丽子对着坠饰出声称赞："做得好，影山。真是太漂亮了。"

"能派上用场是我的荣幸。"

丽子听着耳边影山的声音，缓缓地踏步朝真凶走去。

第六部　道别要在晚餐后

1

国立市西三丁目的某座宅邸内疑似发生了凶杀案——

国立市警署接获第一时间通报，是在八月下旬的周六下午。

当时宝生丽子正在国立市警署的侦讯室内就伤害事件对两名小混混展开讯问。不过她一听说有杀人事件发生，就再也待不住了。丽子丢下眼前的事件，火速冲出侦讯室。丽子对小混混很过意不去，但比起自行车赛车场互殴这种低水平案件，杀人事件的重要性当然要高得多。

丽子立刻和其他调查员一起乘着巡逻车前往现场。

丽子是黑色裤装配黑框装饰眼镜，一头长发绑在后脑勺的朴素打扮。虽然乍看之下丽子只是个普通的新人刑警，但她的真实身份是名震天下的巨大复合企业——"宝生集团"总帅宝生清太郎的独生女。丽子抵达现场，那里已经被警察和巡逻车挤得水泄不通。

巡逻车中停放着一辆银色捷豹。丽子斜眼仔细确认过后，便穿过宅邸大门。门柱上挂着写有"清川"两个字的名牌。

丽子进入庭院，这里虽然与宝生邸无法相提并论，却也还算宽敞。庭院后方则矗立着同样无法跟宝生邸相提并论，却也还算气派的两层楼住宅。

丽子个人觉得，这是一栋极其普通的民宅。不过，丽子早已认识到自己是非同常人的千金小姐，自己的感觉偏离了一般标准。以一般人的标准来衡量的话，清川邸大概足以称之为豪宅吧。丽子修正了自己的判断。这种平衡感是丽子开始做公务员后逐渐学会的。

这时，邪恶的气息从她背后悄悄逼近。

"嗨，小姑娘，你现在才到吗？"

熟悉的声音，熟悉的台词，但丽子被吓得脊背挺直。丽子不用回头也知道是谁，但职位要求她必须回头，丽子只好无可奈何地转过身去。

不出她所料，站在眼前的是风祭警部。他才三十几岁就拥有警部头衔，是国立市警署引以为傲的精英刑警。他的真实身份为以"低性能、高价格、高耗油率"而广为人知的"风祭汽车"创始人的公子。在丽子的"讨厌的上司排行榜"中，这个男人以压倒性的优势遥遥领先，名列第一。

风祭警部一如往常，身穿纯白色西装，端正的侧脸同样一如往常，露出美男子式的笑容。丽子忍不住叹了口气。

"我来晚了，警部。不过警部还是跟平常一样没变呢。"

"你说没变？喂喂，没这回事哦，宝生。比方说，你看，我这套西装看起来跟平常一样吗？"

"嗯，是看腻的——不，是看惯的白色西装。"

"不过实际上可不是这样哦。其实啊，这套西装是我为了对抗今年的酷暑重新订做的。材料是南美产的珍贵麻纤维，由英国王室御用师傅负责缝制。不仅质地轻薄，透气性良好，而且便于活动又不容易破。就算说是专为刑警量身订做的西装也不为过——不过价格也相对高了点。"

"啊——是这样啊。"我是说您那炫富嗜好的自吹自擂完全没变！

丽子拼命忍住了想要大声叫出来的冲动，把话题转移到案件上。"话说回来，被害者呢？"

"嗯，在这里，宝生。瞧，尸体在这种极其普通的民宅被人发现……"

"这才不是普通的民宅哦，警部！是豪宅啊，豪宅！"

说来真是不可思议，尽管经历了远比丽子漫长的公务员生涯，风祭警部到现在还是没认识到平凡人跟自己的差距。

丽子跟着风祭警部进入了清川邸的玄关，眼前出现了一名仰躺倒在走廊上的男性。男性身穿棕色Polo衫配灰色长裤，年纪大约五十几岁，是个花白发丝全都往后梳得整整齐齐的绅士。他的后脑勺上可以看到绽裂的红色伤口。伤口流出的血液在走廊的木地板上描绘出无人能识的红色地图。除了后脑勺的伤口外，不见其他明显的外伤。

年轻的制服巡警神情紧张地对仔细观察尸体的丽子等人说明：

"被害者名叫清川隆文，是这个家的家长。清川家是在国立市外围拥有好几栋公寓的企业家，换句话说，隆文先生是个公寓经营者。"

"哦，居然经营公寓啊，这可真是不错呢。不过我在中央线沿线也有几栋公寓。"

警部透露了自身的财产信息。然后他的视线落向掉落尸体旁的一根棒子。"如果后脑勺的伤口是致命伤，凶器应该是这个吧？"

警部戴上手套，从地板上拾起那根棒状物体，那是一把木刀。在全国知名体育用品店或是观光胜地的土产店都能轻易看到这种东西。

"前端沾着血迹呢，"丽子把脸凑近染红的前端，然后歪着头说，"这把木刀是清川家的，还是凶手带来的呢？"

"这把木刀——"巡警再度从旁插嘴说道，"恐怕是隆文先生的东西。隆文先生熟习剑道，每天都在庭院前挥舞木刀。"

这样说来，清川隆文是被自己的木刀击中头部，因而丧命的。他究竟发生了什么事呢？丽子完全拼凑不出事件的轮廓。

"原来如此原来如此……事情越来越清楚了……"这个身穿白色西装的男人在丽子身旁煞有其事地皱起眉头说。丽子瞬间不安起来。

这男人该不会——不，他绝对什么都不懂！

然而风祭警部不是那种因为部下的冰冷目光就会有所动摇的男人。他将手中的木刀交给一名探员。"把这个送交鉴定科。"然后他煞有介事地下达指示。

"不过，现在很少会有蠢到在凶器上留下指纹的凶手吧——嗯？"

这时，警部的视线在面对走廊的一扇门上停下，是很常见的夹板门。在面对走廊的几道门中，只有那扇门稍微打开了一些。

"这个房间里有什么呢？"

风祭警部一副不抱太大期待的样子随意拉动门把，不过他的表情忽然间充满了像是偶然抽中头奖般的喜色。然后他把握机会挺起胸膛，得意地说了这么一句话："你看看，宝生，果然如我所料！"

不不，不是"如我所料"，而是"出乎意料"啊，警部！

不过姑且不论是偶然还是必然，警部发现了什么呢？这点丽子也很有兴趣。丽子从警部背后往门里窥探。

原来如此，里面呈现的景象意义非同寻常。

那显然是女性的房间。房间的主人并不是年轻女性，硬要形容的话，应该是中年以上的女性。房里有大型衣橱、旧式梳妆台与凳子、木纹计算机桌，计算机桌上有三层抽屉。墙边书架上的女性杂志也很醒目。当然，房间如果只是这样是不会引起刑警们注意的——

"这个房间被人翻过了呢。"

"嗯，有被人翻箱倒柜的痕迹。"

衣橱的门敞开，里头的洋装连同衣架散落在地。三层抽屉的底下两层被拉出来。连梳妆台用来收放化妆品的小抽屉也被拉开一半。书架上的书有好几本杂乱地扔在地上。这房间显然曾被谁四处翻动过。

"这么说来，难不成这边的房间也……"

语毕,风祭警部离开被弄乱的房间,来到隔壁房间门前,气势汹汹地打开门。"果然如我所料。"警部口中再度说出这句话。

这边的房间是男性的书房,窗边摆放着厚重的桌子。巨大的柜子、书架,以及收放文件的档案盒等引人注目。这间书房的抽屉也被拉开,书架遭人翻动,收放在档案盒里的一些文件散落地上。

"嗯,是窃贼干的好事吗?"

仿佛呼应警部的自言自语般,制服巡警抬起头来大叫:"有!"

"嗯?怎么了?你有什么线索吗?"

"是,警部。其实近一个月以来,这一带连续发生了三起窃盗案件。这三起窃案都是凶手趁家中无人之际,利用开锁技术打开玄关大门,入侵建筑物内行窃。凶手翻遍了房间每一个角落,抢走现金、贵金属、存折及卡片等,然后逃逸。"

"呵呵,原来是这样啊,"警部从容不迫地点了点头,"闯空门的窃贼被住户逮个正着,于是临时起意下手杀人,这种情节很有可能上演呢。宝生,你说是吧?"

"是。这种情况确实相当有可能……"

"不,还不行!现在就这么断定还太早了。妄下结论是办案的大忌啊,宝生。"

是你自己在征询我的同意啊!

丽子咬紧牙关,恨恨地瞪着任性的上司。

警部再度向巡警发问:"话说回来,除了隆文先生以外,清川家还住着谁呢?夫人应该有几位吧?"

"当然只有一位，"巡警一本正经地回答，"夫人名叫芳江。夫妻俩有两个已成年的女儿，长女智美与次女雅美。另外，不知道该不该说是食客，还有一位隆文先生的亲戚，是个四十多岁的女性，名叫新岛喜和子。听说她跟丈夫离婚后无家可归，隆文先生看不下去，于是对她伸出援手。总之，包含隆文先生在内，这个家里总共住了五人。顺带一提，发现尸体的是次女雅美小姐。"

好，我知道了，警部深深地点了点头，然后闭起一只眼对丽子说：

"那就先找那个叫雅美的女孩问话吧。"

2

丽子等人暂时离开室内，到庭院的树荫处躲太阳，并且跟第一发现者见面。

清川雅美就读私立嘉德利亚大学，是个年方二十的女大学生。粉红色 T 恤底下露出纤细的手臂。修长的双腿自格纹迷你裙中直直伸出。从手臂和双腿健康的小麦色来看，今年夏天她肯定去海边游泳超过两次——虽然这只是丽子的想象，但与事实八成相去不远吧。

"不好意思，在你正深受打击时冒昧打扰，不过方便告诉我们发现尸体的经过吗……"

这时，中央线的电车轰轰作响地驶过，掩盖了警部说的最后几个字。清川家旁边有铁路经过，似乎经常为噪声所扰。

雅美轻轻地吸了几下鼻子，缓缓开口说：

"我想要买洋装,所以今天早上出门去了吉祥寺。是,就我自己一个人。我买完东西吃过午餐,在街上闲晃一阵子之后,就回到了国立市。我想我是在下午两点半左右到家的。我正准备打开玄关的门锁时,突然觉得不对劲,因为玄关的门锁已经开了。"

"唔,为什么你会觉得门锁开着很奇怪……"

电车再度通过,打断了警部的话。

"今天家人碰巧都有事,白天家里应该没人在。我估计自己是最早回家的,所以才会觉得有点意外。当然,我只是认为'有人比预定时间早回家',然后我就开门进了玄关。"

"当时屋内情况如何?你马上就发现异状……啧,又来了!"

听到电车第三次经过的声音,警部忍不住咋舌。雅美等待声音停止后才回答问题:

"是的,我从玄关踏进屋内的瞬间就察觉了异状。爸爸倒在走廊上。当然,我马上就发现那是爸爸。因为我家只有爸爸是男性,除了他以外我没想到其他人。不过,一开始我以为爸爸是因为急病还是什么的昏了过去。我冲过去一看,爸爸头上正在流血……我试着触摸爸爸的身体,这才发现爸爸已经浑身冰冷……"

雅美不知道是不是又回想起当时的景象,打起了哆嗦。

这回换丽子开口询问:

"你父亲今天预计去哪里,又预计几点回家呢?"

"爸爸的兴趣是打高尔夫球,所以今天去了高尔夫球练习场,预计傍晚才会回家。"

"是吗?那么他就是比预计时间提早很多到家喽。关于令尊中断行程、早早返家的理由，你有没有什么头绪呢？"

雅美听完这个问题，只是一味地摇头，"不，我什么都不知道……"于是丽子换了个问题：

"话说回来，打一一〇报警的是你吧？"

"是的。沾血的木刀掉在倒地的爸爸身旁。我看到那把木刀，心想爸爸肯定是被谁杀害了，所以毫不犹豫地打电话报警。"

"那把木刀是家里平常就有的东西吗？"

"是的，那确实是爸爸的木刀。爸爸为了在庭院里练习挥剑，将那把木刀插在玄关的伞架里。另外，有小偷闯入时也可以拿来当作防身工具。"

"原来如此。话说回来，你注意到面向走廊的其中一扇门稍微开着点吗？那似乎是女性的房间。"

"是，那是妈妈从事个人嗜好或看书时使用的房间。那个房间怎么了？"

"那里有疑似小偷翻动过的迹象。隔壁的书房也一样。"

听完丽子所说的话，雅美瞬间一脸惊慌。

"那——那该不会是最近在这一带到处行窃的小偷干的吧？所以说，爸爸是被那个小偷杀死的吗？"

"不，现在还不能肯定——风祭警部，是这样吧？"

"啊啊，没错，"警部点了点头，然后脸色不悦地对丽子说悄悄话，"虽然这种事情无关痛痒啦，可是为什么电车老是挑我发问时经过？你发问时就不经过。难道中央线故意跟我作对？"

"不是的，那只是凑巧，警部。"

丽子安抚不满的上司，然后问雅美："话说回来，你跟外出的家人取得联系了吗？除了你以外，我听说清川家还有姐姐、母亲，以及食客——不，是亲戚。"

"是，刚才我已经用手机联系过了。再过不久，所有的人应该就都回来了……"

雅美露出担心的表情，将视线投向大门口。这时，一辆出租车刚好在门前停下来。后座车门打开，冲出一位时下少见的和服打扮的中年女性。雅美一副松了口气的样子，对刑警们呼喊：

"啊，回来了！那是我妈妈！"

身穿和服的女性是被害者的妻子芳江。她手里拎着一个小包。

此时，从反方向驶来另一辆出租车，也在门前紧急停车。自后座现身的是穿着红色无袖背心及牛仔短裤的年轻女性。

"啊，姐姐也回来了！"

身穿红色无袖背心的女性是被害者的长女智美。

芳江与智美母女相继穿过门前拉起的黄色封锁线，随即奔向雅美身边。两人一脸激动地问雅美：

"雅美，这是怎么回事？你说那个人死了是真的吗？"

"骗人的吧。爸爸居然死了，真叫人不敢相信！"

可是雅美低着头沉默不语。

这时，又有一位女人穿过黄色封锁线出现了。女人推着自行车，身穿米色短袖衬衫配深蓝色牛仔裤，体态丰盈，肌肤白皙，握着把手的双手肉感饱满，年纪大约四十几岁。

"雅美，发生什么事了？隆文先生死了是怎么回事？"

她也大叫着以直线冲向雅美。她放下的自行车啪嗒倒在庭院里，车轮咔啦咔啦地空转。

看来这位年约四十多岁、肌肤白皙的女性就是清川家的食客新岛喜和子。也就是说，除了死去的隆文，清川家全员到齐了。

风祭警部仿佛迫不及待等候这一瞬间到来般，迎向四个女人。然后他装模作样地轻咳一声，严肃地开口说：

"嗯，清川隆文先生过世了，他是被某人杀害的。我可以体会各位的心情，不过还请各位协助我们警方进行调……啧！"

中央线电车再度通过，完全无视咋舌的警部——

3

丽子跟风祭警部请妻子芳江确认隆文的尸体，然后带她到那个被翻箱倒柜过的女性房间。芳江一踏进房间，脸上立刻流露出震惊的神色。

"这里是夫人的房间吧？"

"是。"芳江点了点头，随即走向被翻过的衣橱。

"是谁做出了这种事情？该不会是最近这一带传得沸沸扬扬的那个小偷……"

不过警部并没有回答芳江的问题，只是径自提问：

"夫人，怎么样？您发现什么东西不见了吗？贵重物品之类的没被偷走吗？"

"贵重物品？不，那是不可能的，"芳江都还没确认过抽屉及柜子就马上回答，"因为根本就没有什么贵重物品。"

"您的意思是清川家并没有看起来那么有钱，实际上已经经济拮据了吗？"

"请不要说那么没礼貌的话，刑警先生！我是说这个房间原本就没放贵重物品。这里完全没有现金，贵金属跟首饰之类真正重要的东西也都收在二楼房间的金库里——该不会连那里也被翻动过了吧？"

"不，小偷似乎只翻过这个房间跟隔壁书房。顺便请教一下，隆文先生是否在书房里放了贵重物品呢？"

"这个嘛，虽然我不是很清楚丈夫书房的情况，但应该没放什么小偷想要的东西。"

"是这样啊。不过，小偷想要的，不一定都是现金及贵金属。潜入他人家中窃取个人信息及机密文件的不法之徒也并不罕见。"

警部走向置于计算机桌旁的三层抽屉。"比方说，这个最上层的抽屉怎么样呢？"警部抓着抽屉把手往自己的方向拉。

然而抽屉只是发出咔嗒一声，并没有打开。警部惊讶地歪着头。"这个抽屉上了锁呢。"

"是的。不过那个抽屉没放什么特别重要的东西。只有日记、笔记本、信件之类的，全都是私人物品。"

"可以让我们看看吗？"

"啊？"芳江以蕴含敌意的眼神冷冰冰地注视着警部，"为什么？为了解决案件非得这么做不可吗？"

"是……是的……为了解决案件，请您务必让我们看看。"警部战战兢兢地请求。

"是吗？那就没办法了。"芳江勉强点头同意。

然后她从手中的包包里取出一把小钥匙，打开那个抽屉。里头整齐地摆放着芳江说明过的东西。芳江在丽子他们面前出示日记和笔记本等等物品。"如何？刑警先生，这样您满意了吗？"她板起面孔生气地问。

即便风祭警部也不敢要求看别人的日记。他只简短地说一句"可以了"，便放芳江离开。

等芳江离开房间后，风祭警部夸张地叹了口气："呼。"

"那位夫人虽然是个美女，但总觉得有点恐怖呢。她瞪着我时眼神好凶狠啊。"

"的确，似乎是个个性刚强的人呢。不知道她跟隆文先生的夫妻感情怎么样。"

"看来有必要确认一下。不过我看夫人那样子，我猜夫妻关系八成已经降到冰点了吧。"

"警部，您太武断偏颇了……"

丽子与风祭警部边谈论着边走出芳江房间。

不久，验尸工作开始，法医仔细检查清川隆文的尸体。根据法医的看法，推测隆文的死亡时间为下午一点到两点之间。死因为后脑勺遭强烈撞击，导致头盖骨凹陷及脑出血，据推测死者几乎是当场死亡，凶器也已经确认是掉落尸体旁的木刀。

丽子与风祭警部获得这些信息后，把清川家的人集合到宅邸客厅。

空间内弥漫着悲叹与紧张感。警部走到客厅中央，在众人的注目下开口说：

"集合各位到这里来不为别的。我们有些问题想请教各位。可能会耽误各位一些时间，烦请见谅。"

"需要问什么呢？"芳江对警部发泄不满，"犯人是小偷吧？既然如此，请您不要继续在这里发愣了，赶快抓住那个小偷吧。"

芳江毫不畏惧地逼问警部。丽子也觉得她那模样有点恐怖。

"好了好了，您别那么着急，夫人，"警部招架不住，但还是接着说，"的确，现场看起来很像盗窃杀人，但是，也有可能是伪装成盗窃的凶杀案。所以慎重起见，我们想请教各位——"

警部依序打量四个女人的脸。"今天下午一点到两点之间，各位在哪里，在做些什么呢？请告诉我们。"

警部提出这个问题的瞬间，些许不安在齐聚客厅的众人之间蔓延开来。

长女智美从已经鸦雀无声的众人之中往前踏出一步。清川智美比雅美大四岁，今年二十四。她是在知名保险公司国立市分公司上班的办公室女职员。亮丽的黑色长发充满魅力，露出无袖背心的手臂虽然不及妹妹雅美，但也晒得有点黑。智美对警部提出坚决抗议：

"刑警先生，这该不会是在调查不在场证明吧？"

"是的，这正是在调查不在场证明哦，智美小姐。"

警部堂堂正正地挺起胸膛，一改之前的态度反问："有什么问题吗？"

"咦?"智美无法回答警部这意想不到的反问,"不……不,没什么。请您继续,刑警先生……"

很好,风祭警部点了点头,然后先将身体转向芳江。

"那么夫人,您怎么样呢?下午一点到两点,可有不在场证明?"

芳江听了警部的问题,沉思了一会儿,最后放弃似的左右摇了摇头。

"这段时间我身陷新宿的人潮之中。我是为了帮最近要结婚的朋友挑选贺礼。我一个人逛了好几家店,所以肯定没有人能为我作证。"

"哦,那真是太可惜了,"警部面无表情地说,"那么智美小姐如何呢?"

智美毫不犹豫地流利回答:

"我今天跟公司同事一起去了立川的电影院,所以跟我一起看电影的大冢先生可以为我作证。是,我一直跟大冢先生在一起,所以我不可能是犯人。"

"原来如此——话说回来,那位大冢先生是你的交往对象吗?"

"不,不是的,是朋友,不是交往对象,您不要擅自认定,我会很困扰的。"

智美以难以置信的速度激烈地否认。不过,那不自然的态度比什么都更清楚地说明了事实。大冢八成就是智美的交往对象。如此一来,大冢的证词就无法证明智美的清白。因为恋人的证词缺乏客观性,无法作为有效的不在场证明。

紧接着,警部转身面对站在智美旁边的妹妹。"雅美小姐怎么样呢?"

"咦?我吗?可是,是我发现爸爸死掉了哦。"

"是的。不过第一发现者是真凶的情况也不罕见,慎重起见,我还是得请教你。"

雅美无力地垂下双肩,轻轻地叹了口气。

"我刚才已经说过,这段时间我人在吉祥寺的街上买东西。我是自己一个人在街上到处闲晃,所以没有称得上证人的人,跟妈妈一样。"

"我明白了。最后是新岛喜和子女士,让您久等了。轮到您了哦。"

警部望向伫立墙边、白皙丰盈的中年女性。

"您怎么样呢?您好像骑着自行车外出了,请问您是去了哪里呢?"

"那个,对了,我到隔壁的国分寺打发时间……"

"哦,您所谓的打发时间是?"

喜和子听完警部的问题,不知为何结巴了起来。

芳江仿佛代替她发言,恶意地从旁插嘴说:"去打柏青哥嘛。"

"不对,是玩吃角子老虎。"喜和子更正道。

两者差不多吧,丽子不由得在心中叹了口气。

芳江与喜和子在可怕的气氛中互相瞪着,可是最后她们不约而同地转移视线,别过脸去不看对方。

芳江跟喜和子似乎合不来。不过,芳江会厌恶喜和子这个食客也是情有可原。现在丈夫隆文又过世了，芳江自然不用再对毫无关系的喜和子客气。两人的不合浮出台面，可以说是必然的结果。

风祭警部轻咳一声，然后接着说：

"总之，喜和子女士人在游乐场吧？"

"是啊。可是我马上就玩输离开店里了。之后我因为没有钱，就在街上闲晃。"

"所以说，下午一点到两点，您没有不在场证明喽？"

"当——当然没有啊。不过，其他人也一样，没道理只怀疑我一个人吧？再说，我又没有动机。我跟丈夫离婚后不知该如何是好时，是隆文先生让我住进这个家。我怎么可能杀死隆文先生？我要是这么做了，就不能继续住在这里了。"

新岛喜和子为自己辩护完，转而开始攻击。她将矛头指向芳江。喜和子笔直地指着芳江的脸说：

"刑警先生，与其怀疑我，先怀疑那个女人怎么样啊？"

"你说什么？"芳江立刻吊起眼角，"你到底想说什么？"

"你背着隆文先生跟年轻男人偷偷搞外遇，这点小事我是知道的哦。不，不只是我，隆文先生应该也发现了。所以你们夫妻关系紧张，感情早就淡了。你和隆文先生离婚，只是迟早的事，不是吗？不过这样你就亏大了。因为这座宅邸跟财产全都是隆文先生的，所以你才会在事情演变成这样之前杀了隆文先生。如此一来，你作为妻子，就能分到一半的遗产……"

"给……给我住口，你这个厚颜无耻的女人！"

"哼，这句话我原封不动地奉还给你！"

客厅内紧张感急遽攀升。新岛喜和子和清川芳江仿佛是在摔跤场中央互瞪的选手般，逐渐缩短彼此的距离，目光撞在一起。此时，警部明明大可置之不理，却硬是介入两人的争执。他不知为何在这时萌生了职业意识。

"好了好了，请住手吧，两位大婶。都一把年纪了，还像小孩子一样。"

警部，您这么做不是调停哦，更像是点燃导火线啊……

丽子不禁抱住了头。

结果不出所料。"少啰唆！""你说谁是大婶啊！"警部惨遭两人痛骂，还挨了两人份的巴掌，以非常惊人的速度退到墙边。

咚，风祭警部背部重重撞上墙壁。两位熟女仿佛把这声音当成了摔跤比赛开始的铃声——

终于开始扭打起来。

4

于是，客厅的讯问演变成大混战。这场没有胜者也没有败者的无谓之争持续了很久，杀人事件的调查就这样被随意地搁置一旁。

丽子跟风祭警部暂时离开宅邸前往庭院，开始讨论彼此对这个案件的印象。

"乍看之下像是窃贼所为，但事实恐怕不是这样。"

风祭警部很有把握地断言。"看过刚才的情况后，你应该也感觉到了笼罩着这座清川邸的险恶气息，不愉快的氛围。在这样的环境下，隆文先生遭到杀害了。这不是偶然。没错，隆文先生不是运气不好被小偷临时起意杀死的。他是被住在清川家的某个人杀死的。"

"听警部的口气，心中已经想到人选了吗？"丽子试探。

"是啊。"警部得意地露出笑容。

"首先，最可疑的人物，不用说，就是芳江夫人。一如我的想象，她跟隆文夫妻关系险恶。新岛喜和子也一针见血地指出，芳江夫人杀害丈夫后会得到庞大的遗产。不过——"

警部像是顾忌旁人似的压低声音："我觉得新岛喜和子也很可疑。的确，她没有动机。隆文先生死了，最倒霉的应该是她吧。可是她的举动有诸多疑点。她刚表明自己是清白的就立即揭露清川夫妻不合，跟芳江夫人大吵起来。怎么会有这么爱惹是生非的人啊。真是太可疑了。"

"警部说得是，芳江夫人跟新岛喜和子都十分可疑呢。"

这么说来，这两名熟女都不是真凶喽——丽子心想。

丽子根据过去的经验，认为"风祭警部锁定的嫌犯大多都不是真凶"。换言之，获得真相最快的方式，就是跟风祭警部的推理背道而驰。这是丽子跟无能的上司搭档之后，创造出来的必胜法则，不过这种事情当然不能在警部本人面前说。

丽子为了不伤害警部的自尊心，委婉地指出：

"智美跟雅美姐妹，也是可以继承隆文先生遗产的人。她们就算是死者的亲生女儿，也不能被排除在嫌犯之外吧。"

"那当然。好巧啊,我也正想着跟你一样的事情呢。"

巧个头啦,这个大骗子!丽子在心中吐舌扮鬼脸。就在这时——

"哎,你们是刑警吗?"

一个嘶哑的声音突然跟丽子他们搭腔。刑警们惊讶地回头一看,他们视线前方是隔开清川邸与邻家的水泥围墙,声音的主人从围墙另一头好奇地看着这边。此人似乎是住在隔壁的老人。老人身穿白色开襟衬衫,皮肤晒得黝黑。逐渐减少的珍贵毛发集中在一个地方,勉强缓和了头顶的冷清感。警部回答这位老人:

"是,我们正是国立市警署的刑警。看着不像吗?"

"嗯……老夫倒觉得要说是刑警还挺牵强的……算了,不说这个。你们有没有什么问题想问老夫啊?"

"问题?您是说关于那奇特的发型吗?"

笨蛋!丽子猛力撞开失礼的上司,转身面向老人。

"老爷爷,关于清川家的杀人案,您知道些什么吗?"

"嗯,老夫名叫野崎亮吉,住在这里。其实今天下午,老夫目击了值得注意的奇妙景象。当时老夫没有多想,但一听说清川家的先生被杀害,老夫觉得还是跟警察说一下好了。你们想听吗?"

"请务必告诉我们,您到底目击了什么呢?"

"嗯,那是今天白天的事情。当时老夫正走在自家二楼的走廊上。从二楼的走廊望出去,可以看见这道围墙后的清川家。芳江女士的房间几乎就在我家走廊的正对面。"

丽子察觉到野崎亮吉的言下之意,紧张起来。"难不成……"

丽子正准备开口发问时，风祭警部把她推开，将头探到围墙上方。

"喂——喂！老头，难不成你看到芳江夫人的房间里有人吗？"

"喂，臭小子，你说谁是老头啊！"

"对——对不起，"警部心想，得罪重要的目击证人就不好了，于是立刻放下姿态再度发问，"难不成您看到芳江夫人的房间里有人吗？如果是这样，还请告诉我们当时的情况，老前辈。"

所谓两面三刀，就是这样吧，丽子吃惊地想。不过老人已经不那么愤怒了。

"嗯，老夫的确看到了，"他重重地点了点头，"可是隔着一扇玻璃窗，房间里又很暗，看不清楚那个人的脸。不过那不是芳江女士，应该说根本不是女性。我隔着玻璃窗看到的人影，很像身穿黑衣的男性。"

"芳江夫人的房间出现了可疑男性的身影！那是几点左右的事呢？老……呃，老前辈。"

"这个嘛，准确时间老夫不清楚，不过大概是下午一点过后吧。"

下午一点过后，那跟推测的隆文先生的死亡时间一致。警部因为获得重要证词而兴奋不已，又向眼前的老人发问：

"您知道那个男人在芳江夫人房里做什么吗？比方说翻动芳江夫人的衣橱或抽屉之类的……"

丽子轻声说，这算是诱导讯问哦，警部！野崎亮吉用力地点了点头。

"似乎是这样。那男人在桌子旁边弓起背部,一副检视某种东西的样子。不过,老夫也不可能一直站在走廊上从窗户观察隔壁的情况,老夫马上就离开那里了。可是啊,老夫看到的人影,有可能是这些日子在附近到处行窃的臭小偷吧。"

"除了那个人以外,您还看到什么了吗?"

"这么说起来,那大概是老夫到一楼之后不久的事吧。当时老夫前往起居室打开窗户,就这样漫不经心地看起书来,可是,这时邻居家突然传来'呀'的一声短促的惨叫。然后我还听到了好像重物掉到地板上的声音。那时候老夫也没有特别留心,可是现在回想起来……"

"是隆文先生!那是隆文先生被木刀殴打时发出的惨叫声,还有倒在地上的声音!"

警部获得新证词后摸着下巴沉思了一会儿。"好,我知道了。"然后他煞有介事地点了点头,在丽子等人面前发表新的推理:

"这起事件果然是那个小偷干的。小偷潜入没人在的清川家,在芳江夫人的房间内翻箱倒柜。不过隆文先生却在此时返家,于是小偷跟隆文先生起了争执。拿出木刀的应该是隆文先生吧。可是小偷却抢下那把木刀,赏了隆文先生一击。隆文先生发出惨叫声,倒在地上当场死亡。小偷杀了人之后连忙逃离现场。总之,这起事件就是这么单纯——好,这样事情就简单了。"

风祭警部又立刻对站在一旁的丽子做出指示:

"宝生,把小偷找出来,动员人力收集可疑人物的信息。当然,重新调查这一带之前发生的盗窃事件也很重要——啊?芳江夫人跟新岛喜和子？那种事情随便怎么样都好啦。她们是凶手的可能性已经接近于零了。犯人是小偷，是男人啊——就跟我一开始推测的一样！"

警部似乎很干脆地舍弃了先前的见解，转而宣扬"窃贼犯人说"了。

——那么，跟警部的推理背道而驰的推理又是什么呢？

丽子不禁思索起来。

5

"原来如此。事情的来龙去脉我很清楚了。"

清川家发生杀人事件的当天晚上。宝生家客厅的瑞士时钟显示时间已过了午夜。丽子把鸡肝色拉、蘑菇浓汤、法式奶油烤牛舌等平凡的菜肴塞进胃里后，单手拿着红酒酒杯，坐在沙发上享受放松的时刻。

在这期间，丽子一如既往、毫不隐瞒地对随侍身旁的管家影山道出今天案件的详情，甚至连调查过程中的机密事项也都滔滔不绝地说了，仿佛完全没有保密协议这回事。

管家听完案件详情后，往丽子的高脚杯内倒进红酒。

"总之，大小姐无法赞同风祭警部的推理对吧？"

"根本没法赞同，那个人的想法一直变来变去。跟他交谈，只会越来越搞不懂什么是对什么是错。"

"原来如此，您说的确实有道理，"西装打扮的影山眯起银框眼镜下的眼眸，"那么大小姐究竟是怎么想的呢？真凶究竟是小偷，还是清川家的人呢？"

"就是因为不知道，我才会征求你的意见啊。"

丽子好像彻底放弃思考了。影山无奈地耸耸肩。"这倒也是，"他静静地点了点头后又若无其事但很失礼地说，"我真是太愚蠢了，问这种问题。"不过影山就是这种男人。

影山面对坐在沙发上的丽子，以颇让人觉得安分的低沉嗓音说：

"我在陈述想法之前，想先请教一个问题。"

"可以啊。你想问什么？"

"我的问题和凶器木刀有关。木刀送交鉴定科后应该进行了指纹采样，结果怎么样呢？"

"啊啊，你说这个啊。很遗憾，木刀上没有验出可疑的指纹。当然，隆文先生的指纹倒是验出不少。"

"您说不少——意思是木刀从头到尾都布满了隆文先生的指纹吗？"

"是啊。不过隆文先生每天都拿着那把木刀练习挥剑，所以这也是理所当然的事情。但除了隆文先生的指纹，没有发现半枚其他清晰的指纹。"

"原来如此，我明白了，"影山毕恭毕敬地点了点头，"所以呢？"

丽子手中即将碰到嘴唇的玻璃酒杯倏地停下，她目光锐利地斜眼看着站在身旁的管家。"所以呢——所以什么？"

影山一字一顿地再度问丽子：

"所以，大小姐，究竟，在烦恼，什么呢？"

"烦……烦恼什么，不就是谁杀了隆文先生……"

"啊啊，大小姐。"

影山打从心里感到失望似的深深叹了口气。然后他稍微弯下腰来把脸凑近丽子耳边，毕恭毕敬地说：

"恕我冒昧，大小姐真是白吃晚餐了。"

只有两人的客厅瞬间沉静下来。丽子根据过去的经验，很快就明白了。影山刚才是在对她口出狂言。不过老实说，这回丽子听不懂他是什么意思。因为听不懂，生气也无从气起。

"白吃晚餐？"丽子傻愣愣地反问，"抱歉，你是什么意思？"

"哎呀，您不明白吗？就是字面上的意思哦。"

影山轻轻地耸了耸肩，然后对丽子解释自己的话："简单来说，我的意思是大小姐饭都白吃了——"

丽子还没把管家的话听完，就滑下沙发，险些把高脚杯内的红酒洒在地上。不过丽子避免出丑之后，为了掩饰心中的愤怒，不慌不忙地站起身子，先将手中的高脚杯慎重地摆到桌上。

"嘘——"丽子做了个大大的深呼吸。接着她忽然伸出食指，指向狂妄管家的脸，暴跳如雷地宣泄自己的情感：

"别——别——别开玩笑了！我——我——我吃下的晚餐全都化为我的血肉，为世界为人类为国立市市民所用！一丁点都没有浪费过！"

影山受到指责后很没管家风度地冷笑着说："若真是这样就

好了……"

"什么叫作'若真是这样就好了'？你笑个屁啊！"

丽子愤怒地踹开桌脚。桌上的高脚杯翻倒，红酒洒落地上。啊哇哇，我在干什么啊！丽子陷入轻微的恐慌状态。

影山不慌不忙地拿起抹布擦拭泼到地上的红酒。丽子见状稍微恢复了冷静。影山霍然起身，缓缓开口说：

"大小姐不觉得不可思议吗？那个放在计算机桌旁的三层抽屉，最上层的抽屉并没有被打开这一点。"

"这我当然好奇啊。不过那个抽屉锁起来了嘛。"

"所以您的意思是，小偷先生打不开那个抽屉的锁，所以没去碰它吗？可是大小姐，我没记错的话，出没清川邸附近的小偷先生应该是个开锁高手吧？"

"是——是啊，你说得没错——不过，你对小偷使用敬语是不对的！"

"对不起，老习惯忍不住就跑出来了……"影山轻轻低下头，然后回归正题，"这个小偷能够以高明的技术打开清川家玄关的门锁，却开不了抽屉上玩具一样的小锁吗？"

"嗯——这种事情基本上是不可能的。可是，反正那个抽屉里又没有小偷喜欢的贵重物品，所以根本没必要打开——之类的。"

"大小姐，有没有贵重物品要打开抽屉后才知道。上了锁的抽屉反而可能存放着珍宝——一般小偷肯定都会这么想吧。"

"这倒也是。那么，为什么小偷没有打开抽屉呢？"

"答案很简单。那个小偷不会开抽屉的锁。也就是说，那个小偷不具备开锁的技术与工具。"

"所以说，潜入清川家的小偷，跟在附近行窃的小偷不是同一个人喽？"

"应该说，那个人根本就不是小偷，也不是什么开锁高手。"

"可是，这样就奇怪了。如果不会开锁的话，那家伙是怎么潜入清川家的？"

"当然是因为持有钥匙——清川家玄关大门的钥匙。"

"呃！你该不会是说——那家伙的真实身份，其实是清川家的人吧？"

在丽子的视线前方，影山静静地点了点头。然后丽子察觉了重大的事实：

"等一下。如果事情像你说的那样，那么符合条件的人物就只有一人了。因为根据邻居老爷爷的目击证词，小偷是男性啊。"

"是的，就是大小姐想的那个人哦。"

"骗人！"丽子尖起嗓子大叫，"小偷其实是清川隆文吗？"

6

正是如此，影山自信满满地说，丽子马上反驳：

"真不敢相信。隆文先生为什么要在自己家里鬼鬼祟祟地做出窃贼般的行径啊？他根本没必要这么做嘛。"

"不，这可大有必要，大小姐。根据您的描述，隆文先生跟芳江夫人感情已经淡了，处于快要离婚的状态。既然如此，隆文先生会想要私下取得离婚谈判时有利于自身立场的，比方说芳江夫人外遇的证据等等,而且真的付诸行动,也不足为奇。"

"原来如此。所以隆文先生才会结束高尔夫球练习,提早回家吧?"

"是的。隆文先生可以在其他人回家之前到芳江夫人的房间内任意搜索。而住在隔壁的老人凑巧目击了这个过程。如此一来,事情就说得通了。"

"那么用木刀痛殴隆文先生的人是谁呢……啊,我知道了!是芳江夫人吧。"

丽子仿佛亲眼目击到那个场面般,得意扬扬地说:"其实芳江夫人也提早结束购物,比原定计划早回家。这时,她刚好撞见了正在自己房间内东翻西找的丈夫。芳江夫人勃然大怒,拿起放在玄关的木刀痛打丈夫的头。结果隆文先生不幸被打中要害而死——怎么样啊,影山?"

"不愧是大小姐。您的推理听起来十分合理,似乎是正确答案。"

影山以赞美的方式嘲讽丽子。丽子听了管家一席话,火大起来。

"什么啦,影山。你的意思是,凶手不是芳江夫人吗?要不然是谁?新岛喜和子?她没有动机哦。还是智美和雅美姐妹?的确,她们有谋夺遗产这个充分的动机,可是那两人会做到这个份上吗?"

"不,隆文先生并不是因为那种可怕的动机而被杀害。不如说他的死是起不幸的意外,我是这么认为的。"

"不幸的意外？隆文先生是被人杀害的哦，才不可能是什么意外呢。"

"请您仔细想想，大小姐。凶手使用木刀作为凶器。根据风祭警部的推理，这把木刀是隆文先生为了击退小偷而自己拿出来的。小偷抢下那把木刀，反过来杀害了隆文先生，警部是这么推理的。可是，实际上做出窃贼般行径的人是隆文先生。这样的话，这名凶手拿着木刀的目的会是什么呢？最大的可能性，就是要用木刀击退小偷吧——大小姐，您不这么认为吗？"

丽子听了影山意外的见解，忍不住"啊"地叫出声。

"那——究竟是怎么回事？做出小偷般行径的隆文先生被误认成真正的小偷，因而被木刀击毙吗？你说不幸的意外是这个意思吧？"

"这我无法断言。只不过这种情况很有可能发生。当然，芳江夫人一怒之下拿起木刀猛挥的可能性也不能完全否定。"

"真是的！到底是怎么样啦？"管家模棱两可的回答让丽子烦躁起来。

不过影山却从容不迫地用指尖推了推银框眼镜，若无其事地说：

"哎呀，不管如何都一样哦，大小姐。"

"你说一样是什么意思？"

"问题在于指纹，"影山在丽子面前摊开右掌，展示自己的指纹，"如果事情就像大小姐所说的，芳江夫人一怒之下拿起木刀，木刀上必然会沾满夫人的指纹。相反，清川家的哪个人误以为隆文先生是小偷而抓起木刀也是一样。在这种情况下，那个人的指纹也会留在木刀上。可是，实际上木刀上却只留下了隆文先生的指纹。您觉得这是为什么呢？"

"为什么，那是因为凶手事后把指纹擦干净了……不，不对。"

"是的。凶手如果事后用手帕拭去指纹，犯人的指纹和隆文先生的指纹都会被擦掉，至少在擦拭范围内，什么指纹都不会留下。可是听大小姐的描述，木刀上却布满了隆文先生的指纹。换言之，这名凶手并没有擦拭木刀。即使如此，木刀上依然没留下凶手的指纹。从这件事情可以导出一个结论——您已经明白了吧，大小姐？"

"呃——所以凶手戴了手套吗？"

丽子自己对这种解释都半信半疑。"的确，戴上手套就不会留下自己的指纹，隆文先生的指纹也能完好地保留大半。可是，这样不是有点奇怪吗？因为，为了击退小偷而拿起木刀的人，不会特地戴上手套吧。当然，就算凶手是勃然大怒的芳江夫人也一样。临时起意的人不会想到要戴手套什么的呢。"

丽子想到这里，抱住了头。如果情况正如风祭警部的推理，窃贼临时起意杀人，事情就说得通了。毕竟小偷一开始就会戴着手套，这是理所当然的事情。

不过如果像影山所推理的，小偷就是隆文先生，用木刀痛殴他的人就不可能戴手套了。可是留在木刀上的指纹却直指犯人在犯案时戴了手套。这样不是很矛盾吗？

"您在烦恼什么呢，大小姐？答案已经很明显了。我们只能这样想：凶手没有必要戴着手套痛殴隆文先生，就是说，这名凶手拿起木刀时，手上碰巧戴着手套——"

"啊，你说碰巧戴着手套？"

丽子忍不住歪着头。不是"特地"，而是"碰巧"。两者的差距很大呢。

"这话是什么意思？如果是冬天也就算了，在这种盛夏的大热天里，有谁会碰巧戴着手套啊？谁也不会戴的。毕竟天气本来就够热的了。"

"哎呀，真的是这样子吗？不不，我就曾见过好几次在大热天里还故意戴手套的女性呢……"

丽子听了影山意味深长的一席话，忍不住轻声叫了出来。手套的种类与用途五花八门。有工作用的棉手套，也有防寒用的手套。如果是装饰性手套，丽子拥有的数量都多到可以开店了。只在日照强烈的夏天才能大显身手的手套，是这个季节的必需品。丽子下意识地弹了一下指头。

"我懂了，是 UV 手套！凶手用戴了 UV 手套的手握着木刀。"

UV 手套。最近众人高呼全球变暖、天气酷热，使用它的人正急遽增加。其中多数是视日晒为最大敌人、希望能够延缓肌肤老化、年纪到了一定程度的女性（丽子还没有使用过）。

"不愧是大小姐，真是慧眼独具，"影山说完肉麻的恭维话后，催促着丽子继续推理，"既然都知道这么多了，您应该已经察觉到犯人是谁了吧？"

"咦，察觉？"丽子思考了一瞬间，然后干脆地摇了摇头，

"不，我完全不懂！"

"啊啊，大小姐，您果然白吃了晚餐……"

"不用一直说个不停啦！"丽子大声叫道，打断影山的狂妄之语，"你既然都这么说了，想必已经看穿了凶手的真面目吧。那你就说来听听啊。"

"遵命，"影山恭敬地行了一礼后，开始陈述自己的推理，"首先芳江夫人不可能是凶手。鲜少有人会穿着和服还戴着 UV 手套。况且只要穿上和服，便能用袖子遮挡整条手臂。"

"的确如此。那么其他嫌犯呢？"

"长女智美也不是凶手。基本上没有哪个女性会戴着 UV 手套去跟恋人约会看电影。而且她穿着无袖背心。身穿连肩膀都完全裸露在外的衣服，却只在手上戴着 UV 手套防晒，这种装束很可笑。"

"那么次女雅美呢？"

"雅美手脚都晒得黝黑。她不在意紫外线，却只在今天使用了 UV 手套，这有点难以想象。而且，女大学生不太爱用 UV 手套这种东西。所以雅美应该不是凶手。"

"如此一来，剩下的就只有清川家的惹是生非之徒了。"

"是的，就是新岛喜和子。她拥有如年糕般白皙的肌肤。为了保持肌肤白皙，她恐怕是煞费苦心吧。就年龄上来说，她也是爱用 UV 手套的那一辈。而且，她骑着自行车外出。据我观察，最积极使用 UV 手套的通常是骑乘自行车的女性。根据上述理由，我认为杀害清川隆文的真凶应为新岛喜和子。"

"不过这终究只是我的推测罢了——"影山这么叮咛一句之后，又接着解释，"新岛喜和子在立川的吃角子老虎店玩输后，便踩着自行车早早回到清川家。她戴着UV手套，打开玄关大门进入屋内。这时，隆文先生正在芳江夫人房里翻箱倒柜。她从打开的房门偷窥隆文先生鬼鬼祟祟的背影时，突然想到最近在这附近到处行窃的小偷。"

"新岛喜和子把搜索夫人房间的隆文先生误认成那个小偷了吧？"

"是的。于是她拿起放在玄关的木刀摆出架势。与其说她是想用木刀来攻击，倒不如说是用来防身。此时，什么都不知道的隆文先生离开了房间。她想必一定很惊慌吧。就在过于紧张和恐惧的情况下，她也没仔细确认对方的脸，不顾一切就挥下了木刀。"

"木刀刀锋不幸击中隆文先生的后脑勺，夺走了他的性命。"

"是的。新岛喜和子应该是在那之后才发现该名男性的真实身份。她感到错愕不已，然后想方设法掩盖事实。那么，该怎么做才能掩饰过去呢？伪装成那个小偷干的才是最迅速最正确的做法，她恐怕只想到这个方法吧。"

"不过从当时的情况来看，她会想到要这么做，也是很理所当然的事情。"

"所以新岛喜和子重新弄乱芳江夫人的房间，然后同样弄乱了隆文先生的书房，将家里伪装成小偷行窃的样子。她弄好一切后，再度骑着自行车暂时离开宅邸。"

"在那之后不久，新岛喜和子从雅美那儿接获'隆文死了'的消息，再度骑着自行车回到清川家。这时她已经把手套摘下了。接着，调查展开，谁也没留意到她的手套……"

"在杀人现场一片混乱的情况下，没人注意到也情有可原。毕竟那只是微不足道的小事。"

的确，那是微不足道的小事。但这微不足道的小事却是破案的决定性线索。丽子再度对影山的推理能力感到赞叹。就连远处发生的事件都能清晰看穿。自己到底被这男人优秀的能力拯救了几次呢？（这已经是第十八次了！）

丽子寄希望于影山的力量，提出最后一个小疑问：

"新岛喜和子最初回到清川家时，隆文先生正在芳江夫人房内翻箱倒柜。正因为如此，新岛喜和子才会将他误认成小偷。也就是说，隆文先生完全没发现喜和子回家了。这又是为什么呢？明明芳江夫人的房间，就位于一进玄关的地方……"

"哎呀，大小姐，您不明白吗？"影山露出一脸意外的表情歪着头，然后自信满满地接着说，"隆文先生之所以没发现新岛喜和子回家了，应该是因为中央线电车。她打开玄关大门时，中央线的电车刚好经过，嘈杂的声响掩盖了开门声。"

啊啊，对哦。一定是这样。不愧是我的管家影山。

丽子不由得心服口服——

7

第二天，清川家的接待室内出现了刑警们及新岛喜和子的身影。

丽子装作好像全都是自己想出来的样子，滔滔不绝地道出影山昨天的推理。新岛喜和子一脸老实地听丽子讲话，浑身颤抖，最后默默地低下头。她的态度比什么都更能证明影山推理的正确性。此时，在旁边听着的风祭警部提出一个问题：

"隆文先生为什么没发现喜和子回家了呢？"

"所以说，那是因为中央线电车刚好经过——"

啊啊，真麻烦。丽子无视昨天自己的无知，在心中这么碎碎念。而警部听完丽子的回答后，不住地点头，露出喜悦的表情说："不愧是我的部下宝生。"

您这么说我一点都不觉得开心哦。

"谢谢您，警部。"丽子轻轻叹了口气，对上司表示感谢。风祭警部摆出一副宽厚上司的样子，对丽子露出他的招牌笑容："哎呀，这都是你的功劳哦，宝生。"丽子只能一如往常地面露苦笑。

就这样，清川家杀人案以新岛喜和子被捕告终。

不过丽子并不知道，案件解决之后，还有真正的大事件在等着她——

盛夏的艳阳已然西斜，国立市的街道上亮起晚灯。

丽子结束一天的工作后，正准备返家，心不甘情不愿地跟风祭警部一起走出国立市警署正面的玄关。丽子虽然想赶快告别烦人的上司，打电话叫影山来接她，可是风祭警部却异常多话：

"新岛喜和子似乎死心了。她已经乖乖认罪并说出案件始末，丝毫没有反抗的意思。案件全貌大概要不了多久就会水落石出了吧。原本还以为是起棘手的案件，没想到这么快解决了。不，这样当然很好啦——"

然后警部自言自语地说：

"这样我也能毫无后顾之忧地离开国立市警署了——"

"哦，警部，您要去哪里出差吗？啊，该不会是国外吧？好好哦。"

风祭警部见丽子轻松地回应，一反常态，表情严肃地说：

"不是这样的，宝生，你听好了。上头突然下达人事令，所以我要调职了，跟国立市警署也要说再见了。这是我最后一天当你的上司。你明白我的意思吗？"

"咦？"一瞬间，丽子心情复杂。丽子是应该高兴，还是难过……

"啊啊！不要露出那么悲伤的表情，宝生！"

丽子悲伤了吗？不可能会有这种事啊。

警部继续在困惑的丽子面前演他的独角戏。

"我也不好受啊。其实我也不想离开国立市警署。这里有照顾过我的上司与前辈，还有我信任的伙伴。更重要的是有我可爱的部下……"

"警部……"丽子第一次被这个讨厌的上司所说的话深深打动。

"不过没办法啊，宝生。这是上头的命令。警视厅高层有个年纪轻轻就获得警视正头衔的人，听说这人是超级精英，未来有望成为警视总监，他非常欣赏我的活跃表现呢。"

"啊？"这该不会是在自吹自擂吧？呃，在这个节骨眼上吗？

"毕竟，国立市内平均每个月都会发生的离奇事件全都被我解决了嘛。该怎么说呢？总之就是很自然地引起注目了。所以那位精英警视正，硬是拜托我务必到本厅一展长才。这个嘛，既然上头的人都低头这么说了，我也不能再扭扭捏捏的了。而且你看，这个国立市实在是太小了，不足以让我这么有才华的人大显身手啊，哈哈哈！"

警部，就在刚才那一瞬间，您与国立市全体市民为敌了哦。

丽子忍不住深深叹了口气，为短短一瞬间被他的话"深深打动"感到羞耻。然后丽子在心中对警视厅那位留意到警部活跃表现的高层大叫：

——居然会对这种男人寄予期望，你们眼睛是瞎了吗？

不过也罢。就算风祭警部把警视厅搞得一片混乱，那也不关我的事。丽子做出结论，选择将理想部下的角色扮演到最后。

"恭喜您荣升，警部。祝您今后顺心如意。"

"谢谢你，我很开心，"警部直直地注视着丽子的眼睛，"不过啊，其实我在这个城市里还有个遗憾未了。你愿意实现我最后的心愿吗？"

"是，什么事情呢？只要我办得到……"

当然办得到！只有你才办得到！警部这么说完，对丽子说出隐藏在心中的愿望：

"宝生，今晚跟我到看得见夜景的顶级餐厅共进最棒的晚餐——"

最后的心愿就是这么一回事吗？"我拒绝！"

丽子还没把警部的话听完，就不容分说地干脆回绝。

警部仿佛被这句话的威力击中一般，手按胸膛，呆立原地不动。

"不……不行吗？无论如何还是不行啊……"

当然不行啊，因为你应该不会只吃个饭就算了的。

不过话虽如此，对方毕竟也是照顾过自己的上司，老是拒绝他也不好。

"那个，警部，虽然不能跟您去顶级餐厅——"丽子带着可爱部下的表情对低着头的上司露出微笑，"不过我倒是可以陪您去吃串烧哦。怎么样，警部？案件也破了，身为警察，这种时候不都是要去吃串烧吗？"

"哦哦，宝生，"警部抬头竖起大拇指，总算露出笑容了，"你说得确实有道理。现在不该吃什么意大利料理或法式料理，配着串烧小酌一杯，才是正确的抉择！毕竟我们是警察嘛。好，我知道有家串烧很好吃的店。事不宜迟，我们走吧！"

风祭警部话一说完，立刻用力推着丽子的背。

"好，今晚要大喝特喝，喝到吐为止。宝生，你也要喝哦，知道吗？"

"是是是，我会喝的，警部。毕竟我是警部的部下嘛！"

天色完全暗下来的国立市内，街道开始呈现夜晚的繁华景象——

丽子与风祭警部并肩迈开脚步，准备前去共进最初也是最后一次的串烧晚餐。

　　几个小时后，午夜的国立市一隅。

　　丽子把一如之前宣称要喝到吐的风祭警部塞进出租车里，对司机抛了个媚眼。"要把他送到家门口哦。"不过司机还是明显露出嫌麻烦的表情。于是丽子多拿出一点现金。"我想您看了也知道，这个人是某个组织的老大，所以最好还是别做出什么奇怪的事情。"她郑重地说。

　　司机一脸惊恐地收下钱，在驾驶座上把帽子戴正。喝得酩酊大醉的警部应该没有被丢在路边的危险了。

　　丽子等出租车发动，目送着车子尾灯离去后，摘下黑框眼镜，松开绑起来的头发。夏天舒适的晚风吹来，抚过她的头发。

　　"呼，这样事情就解决了。我也该回去了。"

　　丽子掏出手机。不过在她拨号之前，一辆豪华礼车突然自道路彼端出现，滑行似的停在她面前。她的管家安静地下了驾驶座，利落地打开后座车门。"我来接您了，大小姐。"

　　"不愧是影山，工作上毫无缺失可言。你一直在等我吗？"

　　"是的。从大小姐离开国立市警署开始，我就保持待命状态了。"

　　简直就是跟踪狂嘛。不过影山平时就神出鬼没，如今丽子也不会感到惊讶了。

　　丽子默默地坐进后座里，然后命令影山开车。影山熟稔地操纵着方向盘，启动全长七米的豪华礼车。

"风祭警部好像很开心呢。"

"荣升了。能够去本厅想必一定很高兴吧。"

"是这样啊,"影山在驾驶座上点了点头,"不过那个人开心的理由应该不是荣升,而是大小姐的温柔吧……"

"笨——笨蛋!谁对他温柔了啊。我只是尽尽部下的职责而已。"

丽子透过后视镜瞪着驾驶座上的管家。映照在镜子里的管家嘴角浮现笑容。

"不过,对这个城市而言,好男儿风祭警部的调动将会是莫大的损失。称之为一个时代的终结也不为过。"

"太过了,太过了!那个人才没有那么重要呢!"

丽子狠狠地摇了摇头。不过,他这番话或许是正确的。

丽子回想着之前经历过的许多日子。首先出现的是丽子担任刑警的日常生活。每天都穿着裤装赶赴现场,被风祭警部颐指气使,听着他错误的推理,忙到精疲力竭才回家。接着画面一变,丽子作为富豪千金的日常生活开始。丽子换上漂亮的洋装,享用豪华晚餐,对身旁聪明却又坏心眼的管家说明案件详情,喝着红酒进行晚餐后的推理——

这种一再重复上演的寻常景象,原来并非永久不变。

丽子以后的每一天,肯定会因为风祭警部的调动而变得跟以往不同吧。风祭警部过去始终支配着丽子身为刑警的日常生活,他的存在原来真的意义重大。

这时丽子突然担心起来,轻声询问驾驶座上的管家:

"唉，影山该不会突然跑到哪里去吧……"

"啊？"影山大概难得心情复杂吧，他操控方向盘的动作瞬间乱掉，车子在路上蛇行了一段。

"没有啦，我是说，那个，你不会调动之类的吧？又不是当公务员……"

"这我不能保证，"影山以淡淡的口吻说出了令人不安的话，"毕竟我不过是个受雇于宝生家的管家。只要老爷一个转念，我什么时候都有可能被开除。"

"没——没这回事！"丽子下意识地把身体探向驾驶座大叫，"爸爸也不能开除你。因为你是我的管家啊。你给我记好了，这世界上能开除你的就只有我一个人而已。"

影山默不吭声地继续开车。丽子意识到自己胸口剧烈起伏。自己刚才大叫着说出了什么奇怪的话啊？丽子心中满是羞怯与不安，默默地望向窗外。已是深夜的大学大道上，对面不见任何车辆。仿佛只有载着两人的这辆豪华礼车行驶在大道上。

车内仍旧寂静。影山依然沉默不语。再过不久，车子大概就要抵达宝生邸了。

丽子为了打破沉默，以大小姐的风范强势地说：

"知道吧，你要一直当我的管家。答应我，影山。"

丽子的管家从驾驶座上静静地回答：

"是。我会一直在您身边服侍您的，大小姐。"